おやこ豆

料理人季蔵捕物控

和田はつ子

時代小説文庫

角川春樹事務所

目次

第一話　五月菓子《さつきがし》

一

江戸の初夏は風が薫《かお》る。

水気を含んだ木々や土の匂《にお》いが香り立ち、吹き渡る清々《すがすが》しい風に馴染《なじ》んで、日々心地よく流れてくる。

過ごしやすいのが五月であった。

この時季、日本橋は木原店《きはらだな》にある一膳飯屋《いちぜんめしや》塩梅屋《あんばいや》では、裏庭にある美濃柿《みのがき》の若葉で包む柿の葉ずしが供される。

「この十日でぐんと葉が大きくなったから、そろそろだわね」

裏庭から戻ってきたおき玖《く》が、店主の季蔵《としぞう》に話しかけた。

看板娘のおき玖は、先代塩梅屋長次郎《ちょうじろう》の忘れ形見で、やや浅黒い肌に、すっと通った鼻と、ぱっちりとした黒目がちの大きな目が、気性の強さと繊細さの両方を物語っている。

「それなら、早速、拵《こしら》えてみましょう。珍しく鮭《さけ》の一塩《ひとしお》が手に入ったので、今年はこれで拵えてみます」

元武士の季蔵は、今は病に臥《ふ》している元許嫁《いいなずけ》瑠璃《るり》を案じることが多いせいか、優しい表情にも、一筋の翳《かげ》りが滲《にじ》んでいた。

「それじゃ、もう、柿の葉の天麩羅《てんぷら》は仕舞いね」

おき玖は残念そうにため息をついた。

春先から新芽をつける柿の双葉は、揚げ物にすると、たとえ、渋柿の葉でも甘くて美味《おい》しい。

訪れる青物《あおもの》売りが時折、只《ただ》で置いて行ってくれる、雪の下や小豆《あずき》の葉なども天麩羅にして、この柿の葉揚げと一緒に盛り合わせると、客たちに喜ばれるおつな肴《さかな》になった。

「柿の葉摘みは、柿の葉ずしで打ち止めです」

季蔵がそう応《こた》えたのは、先代からの申し送りを守っているためであった。

「たしかにね。あたし、子どもの頃から、ふんわり夏の香りがする、柿の葉ずしが大好きで、暑くなっても柿の葉ずしが食べたいって、駄々をこねたことがあった。柿の葉ずしに使う魚は鯛《たい》や鱸《すずき》、小《こ》鯵《あじ》、ようは何でもいいんだし、臭み消しの生姜《しょうが》だって、この時季は不自由しない、それに、柿の葉なら裏にいっぱいあるでしょって言ったの。そうしたら、おとっつぁん、困った顔で、これはまだ試したことがないが、葉を摘みすぎると、実のつきがよくなくなるんじゃねえかって、心配だから、いくら、可愛《かわい》いおまえの頼みでも聞いてやれないって」

菴摩羅果(マンゴーの実)とも称される熟柿作りのために、先代長次郎はわざわざ美濃柿を取り寄せて裏庭に植えた。

美濃柿は秋になるとたわわに実をつける。その実を摘み取って、離れに置いた木箱の中で、ぼろ布と共にじっくりと寝かせて作られるのが熟柿であった。ただし、この熟柿、何個か余分に作るだけで、ほとんどが太郎兵衛《たろべえ》長屋に住まう年寄りたちに配られる。それだけに幻の水菓子として評判が立ち、市中の食通たちの垂涎《すいぜん》の的であった。

「それに、おとっつぁん、毎年、柿の実を当てにしているのは、熟柿を作る自分や、首を長くして待ってる太郎兵衛長屋の人たちだけじゃないって」

枝に残った柿の実は、冬を越す鳥たちのためにそのままにしておく。

「秋の実につながる柿の葉、無駄にしないように、あたしが数えて摘んでくるわ。毎年、二百枚よね。季蔵さんは料理を始めてて――」

その姿を見送った季蔵は、早速、一塩の鮭を俎板《まないた》の上に据えた。

まずは三枚に下ろして、皮をひくと酢に漬けた。

――例年、下総《しもうさ》から鮭が届くのは、もう少しあとだ。まさに、時知らずの鮭だ。冬の寒い時季の塩引きとは、違う味わいだ――

「こいつの決め手はこれだよね」

しばらくして外から戻ってきた三吉《さんきち》が、酢に漬かっていた針生姜を、固く絞って小皿に盛り上げた。

見習いの三吉は、年端もいかないうちから、天秤棒《てんびん》を担いで納豆を売り歩くなどして苦労を重ねていたが、縁あって、今は塩梅屋で修業中である。

「よく、ここで針生姜の出番だとわかったな」

季蔵は三吉にも微笑《ほほえ》みを浮かべた。

「去年の柿の葉ずしの魚は小鯵だったけど、そん時、おいら、うんざりするほど酢漬けの針生姜を作らされたから。それに、そろそろ柿の葉ずしを拵える頃だろ。さっき、季蔵さんが一塩した鮭を前にしているのを見て、ひょっとして、今年の柿の葉ずしには、鮭を使うつもりかなって思ってたんだ。珍しいから、楽しみにしてたんだ」

やや自慢げに言った三吉は、季蔵の包丁捌《さば》きに見惚《みと》れた。

「それにしても薄い、薄い。塩引きと違って脂が多いのに。すごいね。季蔵さん」

「鮭は薄く切らないと、たとえどんなに沢山、生姜を使っても、臭みが抑えられない」

「なーるほど。ってえことは、酢漬けの鮭をここまで薄く切れねえと、鮭を使った柿の葉ずしは作れねえってことだよね」

「そうだ」

「おいら、まだまだなんだな」

情けなさそうな顔になった三吉に、

「薄焼き卵を四角く焼いてくれ」

季蔵は命じた。

柿の葉ずしのタネは二種で、魚のほかに卵のも作る。

「合点、承知」

打って変わってうれしそうな表情になった三吉は、季蔵に言われて買い求めてきた卵が入った籠《かご》を取り上げた。

「おいら、薄焼き卵は得意なんだ」

塩梅屋の薄焼き卵は、卵一個について酒と砂糖が各々《おのおの》小さじ一杯ずつ、塩と醤油《しょうゆ》で調味して鉄製の四角い卵焼器で仕上げる。

次々に仕上げていって、

「薄焼き卵一枚を十枚に切るんだったよね。たしか、卵十個で百個の柿の葉ずしができるんだよね」

季蔵に念を押した。

「その通りだ」

柿の葉をきっかり二百枚摘んできたおき玖は、ぬらした布巾《ふきん》でせっせと艶々《つやつや》した柿の葉を拭《ふ》きあげている。

「おいら、すし桶《おけ》取ってくる」

薄焼き卵百枚を仕上げた三吉は、離れの納戸にすし桶を取りに行った。

合わせ酢を混ぜ、団扇《うちわ》で煽《あお》いで十分に冷ましたすし飯で、いよいよ、すしが握られることになった。

　ご飯の量は握って小指の大きさほどになるくらいでなければならない。

「女の人のおちょぼ口でも一口でぱくりじゃなきゃ、駄目なんだって、おとっつぁん、言ってたわ」

「おいらは屋台で売ってるみてえな、大きくて食いごたえがある方がいいな」

「それじゃ、せっかくの柿の葉ずしの風情が台無しじゃないの」

　叱《しか》るように言ったおき玖は慣れた手つきで、小指ほどのにぎりを作ると、柿の葉の表側にのせその上に少量の針生姜と鮭の切り身をのせ、くるっと一巻きした。

「これが赤く色づいた秋の柿の葉だと、それはそれは綺麗《きれい》。あたし、一度だけ、おとっつぁんにせがんで作ってもらったことあるのよ」

　おき玖はしんみりと呟《つぶや》いた。

「おいらは薄焼きの方を」

　三吉は意外に器用ににぎると、薄焼き卵をのせて、柿の葉に手を伸ばした。

　卵のタネに針生姜はのせない。

　柿の葉の表が外側になるように、葉の裏側に、にぎりと卵をのせて巻いていく。

　こうして巻き上がるにぎりは、すし桶のはしから隙間《すきま》ができないように詰め込まれていく。すし桶が二百個のにぎりで埋まったところで、木の押し蓋《ぶた》が落とされて重石《おもし》が置かれる。

このまま半日ほど押すと、柿の葉ずしが出来上がる。

夕刻、先に訪れていた大工の辰吉《たつきち》は、履物屋の隠居喜平《きへい》が暖簾《のれん》を潜《くぐ》るのを待って、

「勝ったぜ、ご隠居」

ぐいと拳《こぶし》を突き出して見せた。

この二人は先代長次郎の頃から塩梅屋の常連客である。もう一人の一番若い勝二《かつじ》は、婿に入った先の指物《さしもの》師の義父が病死して以来、必死で仕事に精を出しているのだろう、塩梅屋へは足を向けなくなっていた。

「俺とご隠居で、いつ、柿の葉ずしが出てくるかで賭《か》けをしてたんだよ。ご隠居は端午《たんご》の節句を過ぎてからと言ったが、俺は五月に入ったらすぐと――。勝った、勝った」

「賭けなどくだらん」

食い道楽を自認している喜平は、上機嫌の辰吉を無視して、

「それにしても、今年は何とも、柿の葉の照りがいいじゃないか」

置かれているすし桶に目を凝らした。

「今年は一塩の鮭を使ったので」

鮭の脂を吸って葉が艶やかに輝くのである。

「なるほどな」

「どうぞ、召し上がってください」

喜平と辰吉は同時に箸《はし》を手にした。

二

「これは――」

辰吉の目が瞠《みは》られて、

「ん」

喜平は喉《のど》の奥から感嘆の声を出した。

「去年の小鯵とは違う」

首をかしげた辰吉を、

「当たり前じゃないか、今年は鮭なんだから」

喜平がじろりと睨《にら》み付けた。

「小鯵や鯛は淡泊なので、柿の葉と針生姜の匂いが際立つのです」

季蔵が説明した。

「鮭の濃い旨味《うまみ》が針生姜、何より柿の葉と相俟《あいま》って、飯にほどよくしみてる。上等の酒みてえなすしもあるもんだ。卵をのせただけのにぎりだって、去年のとは違う。ほのかに鮭の旨味が移ってて甘い。俺は、ついつい、五つになるまで吸って放さなかった、おっかあの柔らかな乳首を思い出すなあ」

辰吉が呟くと、

「おまえも根は助平なんだ」

喜平が茶化した。

「そんなこたあねえよ」

辰吉はいきり立って見せたがその目は笑っている。

そもそもこの二人、酒が入ると、口だけだとはいえ、大喧嘩《げんか》になるのが常で、辰吉の他《た》愛《わい》ない軽口が引き金になる。

辰吉の恋女房おちえを、食べ物同様、女にも一家言あると自負している喜平が、〝女ではない、褞袍《どてら》だ〟と評して以来だったが、たいていは勝二の仲裁で、殴り合いにまでは及ばなかった。

たいして根が深く無い証《あかし》に、酒から醒《さ》めると辰吉はけろりとしてしまい、喜平が質《たち》の悪い風邪《かぜ》を引いて生死の間をさまよった時は、どれだけ案じたかしれなかった。

ようは二人の喧嘩は、酒席でのご愛嬌《あいきょう》なのであった。

「ま、あんたは女房のおちえさん命だからね」

喜平は琴線《きんせん》に触れたかのようだったが、

「そうだよ。だから、俺も好いた女房には助平になるさ」

辰吉はさらりと躱《かわ》した。

仲裁役の勝二が一緒でなくなってからというもの、張り合いがないのか、ここらへんでチョンと柝《き》が入る。

「わしもな、今でも、死んだばあさんの裸を夢で見る。もちろん、皺《しわ》のなかった若い身体《からだ》で、観音様のように綺麗だ」

喜平が相好《そうごう》を崩すと、

「お互い、想《おも》う相手がいて幸せだよな」

辰吉は頷《うなず》いた。

――いい話だ――

季蔵は心の中がほのぼのと温かくなった。

――わたしにも瑠璃がいてくれる――

助平話がここで落着すると、

「お大尽《だいじん》ほど不幸せなのが端午だからな」

喜平は世間話に転じた。

このところ、塩梅屋での二人は市中のさまざまな出来事を、噂《うわさ》話も含めて話してくれる。

喧嘩の代わりが世間話で、塩梅屋の柿の葉ずしに関わる賭けもこの一端であった。

「盛り上がらねえのはつまんねえだろ」

「わしは陰気な酒は嫌いでな」

「ところで、端午になぜ、お大尽が不幸せなのでしょう?」

季蔵は尋ねた。

「そりゃあ、もう、豪勢に端午の節句を祝いたいからさ」

喜平はここぞとばかりに乗ってきた。

「跡継ぎのことね」

おき玖も加勢する。

市中の端午の節句は、男児の成長を祈願して、出世魚とも言われる鯉《こい》の幟《のぼり》を立てる。そのほかに、家族が菖蒲《しょうぶ》を軒下に吊るして邪気による病を払い、菖蒲湯に浸かって菖蒲酒を傾けるだけではなく、菖蒲刀と呼ばれる木製の刀や甲冑《かっちゅう》をもとめて、男児に身につけさせる習わしがあった。

「〝鯉までも尻のすわった初幟〟」

喜平が一句ひねった。

「この鯉って、はじめて男の子を産んだお妾《めかけ》さんやご新造さんのことよね」

「〝男児を産んだ妾は外へ立て〟」

喜平は続ける。

「男の子、男の子って、お武家じゃないんだから。どっちでもいいじゃない。子どもは可愛いものよ」

おき玖の言葉に座がしんとした。

「ところで大伝馬《おおでんま》町の呉服・太物《ふともの》問屋京極屋《きょうごくや》の妾おいとは産み月を過ぎてる。端午の節句前に生まれれば、おいとは鯉のように尻が据わりつつ、お内儀さんは、すでに、跡継ぎを産んでいるが、生まれた子が男の子なら、初幟は外に立てることになるのかなあ」

「ご隠居、おいとはいい女なんだろう？」

辰吉は言い当てようとしたが、

「いや。おいとは、色こそ白いがそばかすが目立って、年齢《とし》より老けて見える、地味な印象の女だ。元は京極屋の奉公人だよ。浪人だった亭主と、生まれたばかりの子どもを流行《はや》り病《やまい》で亡くした後、京極屋に乳母として雇われた。お内儀が跡継ぎの弥太郎《やたろう》を産んだばかりだったのさ。お内儀は降るほどの縁談を断るのに、親たちが四苦八苦したというほどの器量好《よ》しなんだが、身体がそれほど丈夫じゃなく、乳の出も悪かったんだ。おいとは弥太郎を自分の乳で育てたんだ。武家の出だというおいとの奉公ぶりは、忠義そのもので、主夫《あるじ》婦もたいそう気にいってたって話だ。乳離れしてからも、京極屋が暇を出さなかったのは、弥太郎が、たいそうおいとになついていたからなんだと。そこで、弟か妹がほしいとせがむ弥太郎に、主の迪太郎《みちたろう》が心を動かされた。跡継ぎが一人では心許《こころもと》ないこともあり、迪太郎はおいとならと、お内儀の許しを得て、去年の秋、おいとを妾にして、京橋筋の柳町に囲った。望んだ通り、おいとはすぐに腹に子を宿したんだ」

「それなら、何も、世間はうるさく言うこともないでしょうに――」

おき玖はじりっと目尻を上げ、喜平はうんうんと頷きつつ、

「けれど、相手が老舗《しにせ》でお大尽の京極屋だからね。人の不幸は蜜《みつ》の味とも言うだろう。酷にも世間は、鵜《う》の目鷹《たか》の目でこの成り行きを見守っているのさ、気の毒なのはおいとだ」

少しばかりの同情を示した。

「そういや、京極屋のことを長屋の女たちが、井戸端で噂してたのを、おちえが小耳に挟

んできた。〝お内儀の胸焼け妾の柏餅《かしわもち》〟ってえ、川柳が流行《はや》ってて、京極屋の端午の節句のことだそうだ」

辰吉が思い出し、

「わかってたこととはいえ、いざ、そうなってみると、お内儀さんも辛《つら》いでしょうね。おいとさんもお内儀さんも可哀想《かわいそう》」

おき玖は目を潤ませた。

五ツ半（午後九時ごろ）が過ぎた頃、

「そろそろ、仕舞いだろう」

喜平が立ち上がったところで、

「ごめんなさいよ」

女の声がして、がらりと勢いよく油障子が開いた。

「暖簾がまだ出てたんで、寄らしてもらえないかと思って――」

入ってきたのは芸者姿とはいえ、明らかに二十歳前の若い女であった。

白粉《おしろい》で塗り込められているせいで、顔こそ白かったが、弾むように若々しいだけではなく、きりっと引き締まった目元、口元に、妖艶《ようえん》さに同居した理知の輝きが見てとれた。

――何って、綺麗な女《ひと》なんだろう――

おき玖は思わず見惚れた。

喜平や辰吉の顔も驚嘆と、男ならではの本能的な内なる喜びで溢《あふ》れている。喜平は頰《ほお》を紅潮させ、辰吉はごくりと唾《つば》を飲み込んだ。

女は提灯《ちょうちん》の火を吹き消すと、

「何か食べさせておくれよ」

やや蓮《はす》っ葉《ぱ》な物言いをした。

「あるものでよろしければ――」

季蔵だけは、誰に対しても変わることのない微笑《わら》いを向けて、残っていた柿の葉ずしを皿に取って、その女の前に置いた。

女は前には勝二が陣取っていた床几《しょうぎ》に軽く腰を下ろした。

おき玖が茶を淹《い》れると、

「駄目、お酒」

鋭い声を上げて、

「はい、ただ今」

酒が運ばれてくると、手酌でぐいぐいと飲みつつ、ぱくぱくと柿の葉ずしを食べ、帯の上をぽんと叩《たた》いて、

「ああ、美味しかった、ありがと」

季蔵にだけではなく、辰吉や喜平、おき玖、井戸端で皿を洗って戻ってきた三吉にまで、にっこり、にっこり笑いかける。

「あたしは芸妓《げいぎ》、名はさと香《か》っていうのよ」

さと香は微笑み続けている。

「こんな爺《じじい》にまで、笑ってくれるのはうれしいが、姐《ねえ》さん、いや、さと香さん、飲み過ぎだよ」

とうとう喜平が苦言を呈した。

「これほど酔っちゃ、帰りの夜道が危ねえ。あんたの住まいまで送ってくぜ」

辰吉は神妙な面《おも》持ちでさと香を見つめた。

「みんな綺麗なさと香さんに、何かあったらって、案じてるんだよ。おいらも辰吉さんと一緒に送ってってもいいよ」

三吉は眩《まぶ》しそうにさと香を見た。

「いいの、いいの、置屋《おきや》のおかあさんのところは葭町《よしちょう》ですぐ近くだから。大丈夫、大丈夫」

そう言って、床几から立ち上がったものの、さと香は一歩踏み出して、ぐらっとよろけ、

「まあ、大変」

おき玖が抱き止めて小上《こあ》がりに横にならせた。

すでに前後不覚に酔い潰《つぶ》れていたが、ふうふう、くうくうと鳴るその寝息もまた愛らしかった。

「今夜はここに寝かせておきましょう」

おき玖が階上に夜着《よぎ》を取りに行った。

三

翌朝、季蔵が通ってきた頃にはもう、さと香の姿は小上がりに無かった。

「これ――」

おき玖は、几帳面《きちようめん》に畳まれている夜着の上の懐紙を季蔵に差し出した。

それには、〝お世話をおかけしました。お代は後ほど必ず払いに伺います。哲美《さとみ》〟とだけ書かれている。

「いつものように一番鶏の鳴く声を聞いて、下りてきてみたら、いなくなってたの。それにしても、力のある立派な字。手習所の席書《せきがき》でご褒美が貰《もら》えそうだわ」

おき玖は感心して、文字に見入った。

席書というのは、毎年、手習所が四月と八月に行う品評会で、子どもたちの習字の上達が競われる。

「哲美は、芸者さんになる前の名なんでしょうね」

季蔵は書かれた名が気になった。

――哲美――もしかして、武家の出かもしれない――

明日にでも、とは書いていなかったさと香は、それから二日が過ぎてやっと姿を見せた。

「すみませーん」

やや高めの美声が響いて、

「ほんとにすみません。あたし最近、半玉《はんぎょく》（芸者見習い）から一本立ちして、芸者になったばかりなんです」

恥ずかしげにぺこりと頭を下げた。

「置屋のおかあさんに叱られたでしょ。大丈夫だった？　朝ご飯でも食べていってくれればよかったのに——」

おき玖はやんちゃな妹を案じる姉の目になった。

「あのう、まずはお代を——」

さと香は払いを済ませると、

「そして、これはお世話になったお礼」

風呂敷の包みを解いて、中身をおき玖に渡した。

「まあ、松風堂《しょうふうどう》の柏餅と粽《ちまき》」

おき玖は目を瞠った。

柏餅や粽も柿の葉ずし同様、新緑の移り香を楽しむことができる、この時季ならではの逸品であった。

「明日が端午の節句ですから」

「それにしても、松風堂のを持ってきてくれるなんて——。ずいぶんと並んだんでしょ？」

「ええ、でも、まあ、ついでてでしたし——」

さと香は浅く頷いて、

「粽は松風堂のでないと美味しくありませんから」

白酒は、毎年、雛《ひな》祭りが近づくと、神田鎌倉河岸《かまくらがし》にある豊島屋《としまや》に行列ができるが、端午の節句となると、開府以来の老舗である麹町《こうじまち》三丁目の松風堂の前に大行列ができる。

「どうか、召し上がってください」

さと香は笑顔で勧めた。

「柏餅、美味《うま》そう」

お菓子好きの三吉がごくりと喉を鳴らした。

「それではいただきましょうか。お茶を淹れてくるわ」

おき玖は支度に立った。

「粽なんて美味いのかな」

三吉の目は柏餅から粽に移った。

新しい芽が出るまで古い葉を落とさない柏の葉は、子孫繁栄の縁起物とされ、柏餅は江戸ならではの端午菓子である。

一方の粽は中国から端午の節句が伝来した時に伝えられたもので、伝統を重んじる上方《かみがた》では粽が伝承されてきていた。

江戸の人たちに粽はあまり馴染みのないものだったのである。

「けれど、ここの粽だけは美味しいのよ」

さと香は、だけはという言葉に力を込めた。

「それでは粽の方からいただきます」

季蔵は粽に手を伸ばした。

粽は上新粉《じょうしんこ》をぬるま湯でこねて餅状にしたタネを、片端が尖《とが》った粽の形に整え、笹《ささ》の葉で巻いて、たこ糸で留め付け、茹《ゆ》でて作られる。

たこ糸をほどいて、粽の中身を口にした季蔵は、

「しっとりした舌触りと、笹の葉の匂い、上品な甘みが素晴らしい」

思わず目を細めた。

松風堂の粽は、上質な上新粉に和三盆《わさんぼん》の甘みを加え、笹の葉も清流近くに繁《しげ》る、匂いのいいものが選ばれていた。

「柏餅を食べる前に食べてみろ」

季蔵は三吉に勧めた。

「でも、やっぱり、おいらは柏餅の方が――」

三吉が尻込みすると、

「それじゃ、あたしがお先に」

味わったおき玖は、

「美味しい。何って上品な味なんでしょ。評判はほんとだったのね」

「それなら、おいらも――」

倣《なら》った三吉は、

「美味しいけど、やっぱ、ちょい、物足りないかな」

続けて柏餅に手を出した。

柏餅は上新粉を湯で練って、扁平《へんぺい》な円形の餅にして、餡《あん》か、砂糖入りの味噌《みそ》餡をのせて二つに折り、蒸籠《せいろう》で蒸し上げて作る。餡は柏の葉の表を見せるように包み、味噌餡は裏を表にして包むのが江戸流である。

「馴染み深いものは、やっぱり、美味しいわね」

釣られておき玖も柏餅をほおばり、ほうっと一つため息をついた。

松風堂の柏餅は、餡と味噌餡は洗練されていてさすがのものだったが、これだけでは、ほかの菓子屋のものより抜きん出ているとは言いがたかった。

「粽に格別な思い入れがおありなのでは？」

季蔵は黙々と粽だけを食べているさと香《さと》に話しかけた。

「松風堂の粽は父上の好物です。実家は祖父の代から浪人暮らしなんですけど、西国の主家のしきたりにならって、実家では、ずっと端午菓子は粽だけでした」

――やはり、武家の娘さんだった――

「尤《もっと》も、あたしは、隠れて、餡やお味噌が美味しい柏餅も食べてました」

さと香はふふっと笑った。

「西国の武家が粽に拘《こだわ》る話は、ちらっと耳にしたことがあります。くわしくご存じでしたら教えてください」

季蔵の主家であった鷲尾《わしお》家は大身《たいしん》の直参《じきさん》旗本なので、端午菓子は柏餅と決まっていて、毎年、仕える者たちの妻女が、我先にと、主家へ手作りの柏餅を届けるのが常であった。

――今年も母上は、腕によりをかけて、得意の小豆餡を作ったことだろう。母上の小豆餡はこしもつぶも逸品で、当時の奥方様からお褒めをいただいていたものだ。今は、姑《しゅうとめ》となった母に作り方を教わった義妹が、精を出しているのかもしれないが――

今は、御槍方という武具の保管営繕をつとめる季蔵の生家堀田《ほった》家では、出奔《しゅっぽん》した季蔵は病死と届け、薬種問屋良効堂《りょうこうどう》の主の妹と結ばれた弟、成之助《しげのすけ》が家を継いでいる。

普段、季蔵は、町人、塩梅屋の主になりきったつもりでいる。

だが、武家と関わりのあるものに出くわすと、過去へと気持ちが引き戻され、なつかしくも悲しく、どうしても心が波立つのを禁じ得なかった。

――さと香さんも同じなのではないか？――

「端午の節句の起こりは、古く、楚《そ》の政《まつりごと》を批判した詩人の屈原《くつげん》が、諫《いさ》めても聞く耳を持たない主に絶望して、川に身を投げて自害した史実に関わっていると、父上から聞きました。これが五月五日、端午の節句の日で、その死を悼《いた》んだ里人が、毎年、命日に竹筒に米を入れて川に投げ込み供養していたところ、こうした供物が魔物の龍に横取りされていると、屈原の霊が現れて訴えたのだそうです。厄除《やくよ》けにせんだんの葉で包んで、五色の糸で巻き上げてほしいと頼んだという話でした」

「屈原の霊に従って作られるようになったのが、粽の始まりだというわけですね」

「汚《けが》れを払う供物だった粽が、いつしか、西国の武家の端午の節句に欠かせなくなったのは、病魔などの汚れを払い、男児の健《すこ》やかな成長を願って、お家を守る旗印になったからだと、父上は言いました。死をもって主を諫めようとした、屈原の毅然《きぜん》とした生き様も、武家には共感できる志ではなかったのかと――」

「お父上は学問に深いですね」

「父上は新材木町の長屋の近くに小さな仕舞屋《しもたや》を借りて手習所を開いています」

「それであんなに字が上手なのね」

おき玖の目が頷いた。

「何しろ、父上は厳しくて、子どもの頃は泣くと叱られたのですが、それでも、涙が落ちてきて、夜通し、書かせられたこともありました」

「さと香さん、芸者になったのは、おとっつぁんが嫌だったから？」

おき玖はずばりと訊《き》いた。

「その通り」

神妙だったさと香の顔が笑みで割れて、ははははというやや投げやりに乾いた笑い声が立った。

「父上はあたしを手習所の女師匠にしようとしてたんです。でも、あたしは、学問なんかよりも、三味線《しゃみせん》や長唄、踊りなんかの華やかなものを習いたかった。もちろん、父上は大反対、そんな習い事はさせちゃくれない――。それで、女友達についていって、後ろに控えてて、こっそり、盗み見て覚えてたんです。でも、それが見つかっちゃって、謝って逃げようとしたら、いいから、やってみなさいって、いきなり、三味線を渡されて――。その時、居合わせてたのが、今の置屋のおかあさんで、〝あんた、見て覚えたにしてはなかなかだよ、見所があるから、うちに来て、芸者になったらいいよ〟って誘ってくれたんです。それで今のあたしが、こうして、ここに――」

さと香は片手を胸に当てて、今度は満足そうににっこりと微笑んだ。

「両親《ふたおや》がいなくて、食うや食わずの身の上ならいざ知らず、どうして、そう簡単にかたぎじゃない道を選んだの？　おとっつぁん、さぞかし、嘆いたでしょう？」

おき玖は知らずと眉《まゆ》を寄せていた。

四

「ですから、勘当ですよ、勘当。おかあさんのところに出て行く時、縁切りの文を渡されてからは、会ってもくれません。だから、あたしはもう、糸の切れた凧《たこ》みたいに気楽なもんです。こうやって、ふらーり、ふらーりって」

さと香は紬《つむぎ》の普段着の短い両袖《そで》を、勢いよく前後に振って見せた。

「それでも、お父上の好物をもとめて届けずにはいられない――」

季蔵の言葉に、

「あたし、そんなことしてません」

さと香は首を横に振った。

「さっき、ついでに並んだと言いましたよ」

「それはそうだけど――」

「置屋の皆さんの分だとしたら、あなたではなく、小女が並ぶはずです」

「してないったら、してません。あらあら、あたし、少し長居をしすぎたみたい」

さと香はくるりと背中を見せると、

「ありがとうございました」

重ねて礼を言って出て行った。

ほとんど入れ違いに、

「邪魔するよ」

岡っ引きの松次《まつじ》の声がした。

北町奉行所定町廻《じょうまちまわ》り同心の田端宗太郎《たばたそうたろう》も一緒である。長身痩軀《そうく》の田端と、肉付きのいい四角い顔と金壺眼《かなつぼまなこ》に愛嬌がある短軀の松次が並んで床几に腰を下ろした。

おき玖が素早く、田端の前に冷や酒を満たした湯呑《ゆの》みを置く。

「お茶代わりでございます」

左党の田端はよほどの気まぐれを起こさない限り、飯や肴には手を出さず、昼間から茶を啜《すす》るように酒を呷《あお》る。

「親分はどうされます？」

おき玖に聞かれた松次の目は、松風堂の包み紙と箱の中の柏餅に注がれていて、

「今日はいつもの甘酒は止《よ》しにして、あの柏餅と茶をもらおうか」

下戸《げこ》の甘党ぶりを発揮した。

田端は変わらず、うんともすんとも洩《も》らさずに酒を飲み続け、松次は小豆餡と味噌餡と試した後、

「小豆餡や味噌餡はどうということもないが、餅の舌触りと風味がいい。さすが、名高い松風堂だ。あそこは粽も美味いそうだが――」

上目使いで季蔵を見た。

すでに粽は食べ尽くしてしまっている。

――何と応えたものか――

思わず目を伏せた季蔵に代わって、

「親分、これはいただきものなんです。あたしも、是非一度、評判の粽を食べてみたかったんだけど、残念ながら、包みに粽は入ってなかったんですよ」

おき玖が言い繕《つくろ》って、

「それにしても、お二人とも、お顔の色が優《すぐ》れませんね。お役目、お疲れなのでしょ」

と話をかえた。

「よほどのことがありましたか？」

季蔵は目を上げた。

——今日の田端様や松次親分の顔は、疲れているというよりも、たまらない気持ちをどうにか、持ちこたえているように見える——

「旦那——」

松次に話していいかと訊かれた田端は、

「ん」

短く応えて許した。

「実はね、今、さっき、京極屋の妾おいとをお縄にしたところなんだよ」

「あの忠義者だっていうおいとさんを?」

「いったい、何の咎《とが》でです?」

おき玖と季蔵は目を見合わせた。

端午の節句と関わって、市中で囁《ささや》かれている京極屋の妻妾《さいしょう》話は、喜平たちから聞いたばかりであった。

「跡継ぎの弥太郎殺しだ」

柏餅を残さず平らげてしまった松次が、甘酒を催促すると、

「はい、ただ今」

おき玖が急いで用意した湯呑みの甘酒を、松次はごくごくと音を立てて飲みきった。

「もう、一杯」

「はいはい」

この間、田端は沈黙のまま、冷や酒を飲み続けていて、こちらのお代わりは季蔵が引き受けた。

「おいとさんにとって、乳をやった弥太郎さんは我が子みたいなもんでしょう？　いくら、自分の子がお腹《なか》に出来たからって、そんな酷いことができるなんて、あたし、とても信じられないわ」

おき玖は二人にならって、酒か甘酒を飲みたかったが堪《こら》え、代わりに、柄杓《ひしゃく》で水を飲み干した。

「女の中には腹に子ができると、普通じゃなくなる奴もいるにはいるらしい。前に気の病にくわしい医者から聞いたことがある――」

松次が呟いてため息をついた。

「お縄を掛けたのは、逃れられぬ、これという証があってのことで？」

季蔵は田端に訊いた。

「うむ」

頷いた田端は、

「おいとは毎年、端午の節句が近づくと、弥太郎のために柏餅を拵えてきたという。幼い頃から食べ慣れたこの柏餅でないと、弥太郎は口にせず、そのため、おいとは妾になってお店《たな》を離れても、柏餅を作って届けた。弥太郎はこの柏餅を食べた後、苦しみ出して息絶えた」

淡々と過不足なく事の次第を話した。

「その柏餅が毒入りだっていうんですね」

おき玖は念押しして、

「毒の証があったんですね」

畳みかけた。

その剣幕に押された田端は、

「ただし、おいとが届けた残りの柏餅から毒は出ていない。とはいえ、弥太郎が口にしたのは味噌餡だった。弥太郎はおいとの柏餅の中でも、味噌餡がことのほか好物で、いの一番に手を出した」

「すると、お上は、おいとさんは弥太郎さんの好物を知っていて、味噌餡だけに毒を入れたというのですね」

「まあ、そうだ」

「でも、弥太郎さんの味噌餡好きを知っていたのは、おいとさんだけではないはずです。主夫婦はもちろん奉公人に至るまで店の者は、皆知っているでしょう」

「たしかにな」

田端は珍しく、額に吹き出た汗を手の甲で拭《ぬぐ》った。

「おいとが世話になった人たちを詮議《せんぎ》するのは止《や》めてくれ、自分をお縄にしてくれと、俺たちに泣いてすがったのよ」

松次が口を挟むと、

「ええっ？　おいとさん、お腹に自分の子がいるっていうのに、弥太郎さん殺しを認めたっていうの？」

おき玖は目を吊り上げた。

「〝主の跡継ぎ殺しでお縄になったら、間違いなく獄門だぞ〟と俺は止めたんだが、〝お寂しい坊ちゃんに弟か妹を作ってさしあげたい一心で、旦那様のお世話になった身です。肝心の坊ちゃんがこうなっては、この世に何の未練もありません〟ってね。〝お腹の子もきっと、聞き分けてくれると思います〟ってね。だが、弥太郎に毒を盛ったことだけは、断じて認めてねえ」

「そうなると――」

おき玖の目が恐怖で見開かれた。

「何せ、死んだのが主の倅《せがれ》だ。知らぬ存ぜぬを通すと、女とはいえ、最後は重い責め詮議になるかもしれない。そうすれば、身重《みおも》のおいとは命が持つまい」

松次はたまらないという表情でふーっと息を吐き出し、

「世には、何とも、救いのない成り行きがある」

田端は空になった湯呑みを逆さにして振った。

二人が浮かない様子で帰って行き、しばらく経《た》つと、

「ご免」

油障子を引く武藤多聞《むとうたもん》の声がした。

武藤多聞は塩梅屋が熟柿を届ける太郎兵衛長屋の新入りで、臨月の妻を抱えた浪人者である。

飯炊き、薪割《まきわ》り、掃除、草刈り等の雑用を主に、よろず商いで暮らしを立てている。塩梅屋でも、毎月七の付く日に働いている。

「こんにちは」

季蔵は七の付く日でもないのに武藤が訪ねてきてくれたのがうれしかった。おいとの死んだ夫も、さと香の手習いの師匠をしている父親も浪人であるというが、親近感を持つまでには至らない。

だが、この武藤に限っては、くわしい過去は語らないものの、浪人になってから、まだ日は浅い様子で、無類の料理好きである。

その上、自分に似た、一抹《いちまつ》の寂寞《せきばく》がそこはかとなく感じられる。

「何かありましたか？」

季蔵は思い詰めている表情の武藤を促した。

五

「実はそれがし、柳町の柳稲荷《いなり》裏にある呉服・太物問屋の妾宅《しょうたく》で、庭掃除等の家事手伝いに雇われておる」

ぽつぽつと武藤は話し始めた。

「もしかして、その呉服・太物問屋の名は京極屋さんでは？」

柳稲荷裏は別名お妾横町と呼ばれているが、そこに妾宅を持っている呉服・太物問屋は京極屋だけであった。

「そうだが――」

言い当てられて武藤は困惑した。

季蔵は、おいとの届けた柏餅を食べて弥太郎が毒死したことは知っていると言い、

「まさか、武藤さん、また巻き添えになっているのではないでしょうね」

と、続けた。

以前、武藤は雇い主に命じられるまま、岡っ引きに化けさせられ、危うく雇い主殺しの下手人にされそうになったことがあった。

「そうではないが」

武藤は困惑した顔を見せた。

「それがしは、いと殿が得意の柏餅を作るのを手伝った。本宅への重箱詰めも任された。断じて、いと殿は味噌餡の柏餅に毒など入れてはおらぬ。それがしの妻にと渡された柏餅はどれも、松風堂を凌《しの》ぐに違いないと思われるほど美味かった。いと殿に咎はない。できれば、この事実をお上に言上《ごんじょう》したいと思っている。何より、日々、仕えていてわかったのは、控えめであるだけではなく、万物に慈《いつく》しみの深いいと殿が、妾の鑑《かがみ》だということだっ

た。人の世にこれほど美しい魂はあろうかと、いたく感心させられた。いと殿の命とその命をつなぐ子どもを絶やせば、きっと、この市中に、神仏の祟《たた》りが降りかかるに違いない」

武藤の表情が憤怒《ふんぬ》で歪《ゆが》んだ。

「しかし、そんなことをなさっては、十中八九、武藤さんまでが下手人にされてしまいます。二人で弥太郎さんを亡き者にしようと図ったと――」

「人となりを褒めれば褒めるほど、武藤さんとおいとさんの仲が疑われるに決まってる」

おき玖が口を挟んだ。

「であろうな。しかし、このままでは、いと殿を下手人として死なせてしまうことになる。あのような身体の女子《おなご》に、あまりにも酷い災難ではないか？」

武藤は産み月の近い妻においとの身の上を重ねたのか、太い眉を寄せていた。

「何とかして、いと殿の無実を証したい。その前に、いと殿の身も案じられる。それがしは、何とかして、いと殿を助けたいのだ。頼みは季蔵殿、おぬしだけだ」

「そうでしたか――」

季蔵は内心、やはりうれしかった。

「いと殿が、縄を打たれて家から引き出されるのを、それがしは庭の五葉松の陰から見送った。その折、岡っ引きが、〝なにやら、気が滅入《めい》りますね。こんな時は塩梅屋へ寄るに限りますよ、旦那〟と、痩《や》せて背の高い町方役人に話し、役人が頷くのを見た。それでその岡っ引きと役人がおぬしと知り合いだとわかった。いと殿は三四《さんし》の番屋に連れて行かれたに相違ない。あそこは泣く子も黙る大番屋と聞く。いと殿に無体なことをしないように頼んではもらえまいか」

「たしかにお二人はここへよくお寄りにはなります。けれども、それは定町廻りというお役目ゆえです。わたしはただの一膳飯屋の主にすぎず、お二人に私事を頼むことのできる立場にはないのです。申しわけございません」

季蔵は頭《こうべ》を垂れたが、

――京極屋さんの主夫婦が動けば、出来ぬことではないかもしれない――

肩を落として武藤が帰って行くと、急ぎ、北町奉行の烏谷《からすだに》椋十郎《りょうじゅうろう》に以下の文をしたためた。


――京極屋弥太郎毒死の件、すでに、お聞き及びのことと存じます。当方、お縄になったおいとの嫌疑に不審な点ありと判じます。ひいては、京極屋への詮議をお許し願う次第です――

季蔵が先代の長次郎から受け継いだのは、塩梅屋だけではなかった。長次郎は烏谷椋十郎の命《めい》に従って、密《ひそ》かに市中の事件を詮議したり、御定法《ごじょうほう》では裁けぬ悪党たちを成敗している隠れ者だったのである。

この事実は娘のおき玖も知り得ないことで、見方を変えれば、塩梅屋の主とは血なまぐさい裏の顔の恰好《かっこう》な隠れ蓑《みの》であった。

季蔵が不可思議な翳りを漂わせているのは、許嫁の瑠璃が心を病むきっかけとなった、元武士の過去以外にも理由《わけ》があったのである。

季蔵は文を使いの者に託すと、

「端午の節句が過ぎたところで、麩《ふ》の焼きを拵えてみようと思います。新しい粉がほしいので粉屋へ行ってきます」

おき玖に言い置いて、店を出た。

塩梅屋では先代の頃から、端午の節句が終わると、麩の焼きを作って、客に土産《みやげ》に持たせる。

水で溶いた小麦粉を薄く薄く焼いて、味噌と砕いた胡桃《くるみ》、けしの実、白砂糖を混ぜた、胡桃味噌餡を敷き込んで、くるりと巻き上げたのが麩の焼きであった。

これは酒の肴にもなる。

「柏餅も粽も米の粉だから、ここいらで、小麦粉も少しは使ってやらねえと、小麦の神様がへそを曲げちまうだろうからな」

長次郎はもっともらしいことを言っていたが、

「あの世のおとっつぁん、待ちかねてるかもしれないわね。よろしくお願いします」

実は長次郎が無類の胡桃味噌餡好きで、味噌餡の柏餅が物足りなかっただけのことであった。

「市中は柏餅、上方は粽、あっちもこっちも、猫も杓子《しゃくし》も、柏餅や粽ばかり幅を利かせてちゃあ、面白かねえだろうが――」

季蔵の足は京極屋のある大伝馬町へと向かった。

跡継ぎが急死したとあって、京極屋は店を開けていない。道行く人たちが立ち止まって、ひそひそと話している。

「とうとう、起きちまったわね」

「いつかとは思ったんだが」

「魔がさしたんでしょうけど」

「女は怖いねえ」

「それを言うなら、我が子可愛さの女は、でしょう？　あたしなら、身二つになってからにするのにね」

「ますます怖い」

季蔵は勝手口へと回った。

「ご免ください」

塩梅屋の主とは名乗らずに、お上のお手先だと、竈《かまど》で鍋をかき回している賄《まかな》い方の一人に告げ、奥から駆けつけてきた番頭《ばんとう》を、

「是非、すぐに、旦那様にお目にかかりたいのです」

固い表情を崩さずにじっと見据えて、

「先ほどお手先と申しましたが、どなたに仕えているかについては、お名を申し上げること、憚《はばか》らせていただきます」

頭は下げなかった。

「い、今、大番頭に取り次ぎます」

代わって出てきた白髪《しらが》頭の大番頭は、これ以上はないという憔悴《しょうすい》しきった顔で、

「どうぞ、こちらへ。旦那様とお内儀さんがお待ちです」

長い廊下を歩かされて、季蔵は客間に招き入れられた。

主夫婦と向かい合って座る。

一見、二人は大番頭ほど窶《やつ》れては見えなかった。

「北町奉行烏谷椋十郎様からの使いの者です」

と名乗ると、

「これはこれは、お役目、ご苦労様でございます」

主の迪太郎は人の好さそうな童顔を、無理やり、ほころばせて、深々と頭を下げ、

「お奉行様からの有り難いお使いの方とあっては、そのうち、倅《せがれ》にもお会いいただかないと――。折悪《おりあ》しく、腹痛で医者に行っておりますが、しばらくしたら、必ず、戻りますゆえ」

お内儀の加代《かよ》も微笑んだ。

啞然《あぜん》とした季蔵に迪太郎が目配せした。

——この人はまだ、息子の死が実感できていないのだ——

「加代、ここはわたしがお相手するから、しばらく向こうで横になって休んでいなさい」

迪太郎は労《いたわ》る視線を妻に向けた。

「ええ、でも、弥太郎が帰ってくるまでは——」

躊躇《ちゅうちょ》する加代を立たせると、

「大丈夫、そのうち、必ず、戻ってくる」

手を叩いて、呼んだ大番頭に預けた。

加代がいなくなると、

「柏餅を食べて弥太郎が息絶えた当初のお加代は、まるで、気が狂ったように、〝人殺し、人殺し〟と、泣きわめいて、その場にいないおいとを責め立てていました。〝あの不忠者、殺してやる〟とも——。ところが、しばらくして、突然、弥太郎は腹痛で医者のところにいるのだと言い出し、わたしはお加代が不憫《ふびん》に思えて、話を合わせているんです」

迪太郎は目に涙を滲《にじ》ませた。

「あなたが世話をしているおいとさんが、お縄になったことはご存じですね」

「はい、松次親分が報《しら》せてくれました」

「あなたはおいとさんが弥太郎さんを手にかけたとお思いですか？」

季蔵は思い切って訊いた。

「手にかけたと認めたから、お縄になったのではないのですか？」

「お縄になった理由は、あなた方やこの店の人たちに、迷惑をかけたくないからのようです。おいとさんが作ってここに届けた柏餅で、弥太郎さんが食べた味噌餡入りの柏餅のほかから毒は出ていません。その味噌餡だって、すでに、亡くなった弥太郎さんの胃の腑《ふ》の中におさまっていて、毒入りだったという証は突き止められていないのでしょう？　となると、毒は、たとえば、弥太郎さんが飲んだ、茶の中に仕込まれていたかもしれないのです。おいとさんは断じて毒など盛ってはいないと、言い張っているそうですから、真の下手人は弥太郎さんの近く、この店の中にいるのやもしれません」

「そうでしたか――、やはりね――。そういえば、そうか――、いかにも、あのおいとらしい」

呟いた迪太郎の目から、また、涙が滑り落ちた。これはおいとを哀れむ涙のように思われた。

六

「あなたはおいとさんが下手人などではないとお思いですね」

季蔵は念を押した。

「観音菩薩《かんのんぼさつ》のような気性のあのおいとが、鬼のような所行をしたのだとしたら、たいていの女は皆、鬼の猫被《ねこかぶ》りです」

迪太郎はきっぱりと言い切って、

「ただし、弥太郎はおいとの柏餅を食べてすぐ苦しみ出した。それも事実なので――」

苦しそうに眉を寄せた。

「あなたはその場に居合わせたのですね」

「はい」

「その時のことをくわしく話してください」

「毎年、おいとが柏餅を拵えると、八ツ時（午後二時頃）に、お加代とわたしと弥太郎、それに大番頭の四人でいただくのです。今年も同じでした。茶は妻が淹れます。さっきのお話では、茶が毒入りだったかもしれないと――」

青ざめた迪太郎は首を横に何度も振って、

「いやいや、いくら、日頃、お加代がおいとに含むところがあったとしても、我が子を殺《あや》めるなんて、そんな恐ろしいことを仕組むわけがない――」

「お内儀さんは弥太郎さんが、腹痛で医者のところにいると言っていました。おいとさんの柏餅で腹痛を起こさせ、おまえのせいだと責め立てるつもりだったのでは？　毒の種類か、量を間違えたということもあり得ます」

「無事、弥太郎の弟か妹を産み落とした後、おいとをどうするつもりなのかと、お加代にしつこく訊かれてはいましたが――」

「どうなさるおつもりでした？」

「生まれた子ともども、このまま、おいとには柳町に住まってもらうつもりでした。子に母親は欠かせませんから」

「お内儀さんのお考えは？」

「子だけ引き取って、世話に乳母を雇い、おいととは縁を切ってくれと言われました」

「お二人のお考えが異なりますね」

「わたしはお加代の悋気《りんき》ゆえだと思ったので、正直、身も心も温かなおいとに未練はありましたが、〝もう、柳町へは通わない。弥太郎にもしものことがない限り、おいととの子に店は継がせず、いずれは分家させる〟とはっきり言いました。お加代は渋々でしたが、頷いたので、承知してくれたのだとばかり思っていたんです」

「おいとさんは、自分に向いている、お内儀さんの剣のような気持ちに、気づいていたのかもしれません」

「ということは、おいとはお加代を庇《かば》って――」

とうとう迪太郎は顔を両手で覆った。

「わたしが悪いんです。わたしさえ、おいとを妾にしなければ、こんなことには――」

「証は何一つなく、まだ、お内儀さんがなさったことと、決まったわけではありません。ところで、この店でお内儀さんが一番、心を許している人は誰ですか？」

「さっき、お会いになった大番頭の要吉《ようきち》です。跡継ぎが一人では心配だと言い張って、お加代を説き伏せ、気心の知れたおいとを、妾に推したという経緯《いきさつ》もあって、人一倍、お加代の機嫌を取っていました」

「要吉さんをここへ呼んでください」

呼ばれて入ってきた要吉は、座敷の下座に慎ましく座った。

「今、やっと、お内儀さんが眠られたところでございます」

「お奉行様のお使いのこの方が、おまえに訊きたいことがあるそうだ」

「どうか、何なりとお訊ねください」

要吉は精一杯肩を怒らせた。

「回りくどい言い方をせずに、訊かせていただきます」

季蔵はおいとに悪意のあるお加代が、毒入り柏餅の狂言を仕掛けた可能性があると説明して、

「これには手伝いが必要です」

射るような目を要吉に向けた。

「て、てまえが、そ、そんな、だ、だいそれたことを――。と、とんでもございません。いたしておりません、ほ、本当でございます。仮にお内儀さんからもちかけられても、お諫めこそいたしますが、手を貸したりなど、決していたしません。ど、どうか、し、信じてくださいませ」

要吉は座敷の畳の上に平たくなった。

「わかった、おまえを信じる」

迪太郎は顔を上げさせ、

「お内儀さんは永きにわたり、おいとさんに対して、複雑な想いを募らせていたはずです。頼みとしているあなたに、いろいろと話をなさっていたのでは？」

季蔵はじりっと要吉に向かって膝《ひざ》を詰めた。

「お察しの通りでございます」

要吉はうなだれた。

「弥太郎さんが亡くなった日に、いったい、何があったのです？」

「お内儀さんは、毎年、端午の節句に、坊ちゃまが、おいと手作りの柏餅しか召し上がらないことがたまらなかったんです。おいとが旦那様との子を身籠《みご》もっている今年は、さらに、その想いが募って、てまえにカステーラをもとめるようにとおっしゃったのです。本場長崎の竈《かま》を取り寄せて、焼いているという、あの西国堂《さいごくどう》の評判のカステーラです。前もって頼んでおかないとならない、と断られたので格別のお代を払いました。何としても、おいとの柏餅に負けないほどの菓子を食べさせたいとおっしゃって――。思いあまっての母心です。もちろん、旦那様には内緒でした」

要吉は主に向かって畳に頭をこすりつけ、

「呉服・太物屋らしく、古式ゆかしきを美徳とするご先祖様からの申し送りで、いくら美味いという噂でも、わたしたちは、カステーラ等の南蛮菓子は口にいたしません。もっとも、奉公人たちが、駄賃を貯めて買い、隠れて食べているのには目をつぶっておりますが──」

迪太郎は咎めるまなざしを要吉に送った。

「弥太郎さんは、そのカステーラをいつ食べたのです？」

「てまえが坊ちゃまの片袖に、紙に包んだカステーラを一切れ忍ばせて、〝柏餅を召し上がる前に、必ず、こちらを先に食べてください。お内儀さんのお気持ちが籠もっています〟と申し上げました。坊ちゃまも、生みの母親が憎かろうはずもありませんから、てまえが伝えたようになさったと思います」

「残ったカステーラはどうなりました？」

季蔵は肝心なことを訊いた。

「旦那様の目に触れぬところで、皆で美味しくいただきました。お内儀さんとてまえはいただいておりませんが──」

「誰も毒には当たらなかった？」

「はい、左様で」

「すると、弥太郎さんに渡した、カステーラだけに毒が入っていたということになります」

「て、てまえは、ど、毒など入れておりません」

「要吉、お加代に頼まれたか、相談したかして、おいとを陥《おとしい》れるためにやった悪戯《いたずら》が、高じてのことなら、そうだとはっきり言ってくれ。お願いだ。このままでは、おいとも跡継ぎになるかもしれないお腹の子も――」

迪太郎は怒気を含んだ表情で迫り、要吉は、ひたすら首を横に振り続けた。

――ここまで来れば持ち出せる――

確信した季蔵は、

「どうか、無実かもしれないおいとさんを死なせないでください」

迪太郎の目を見た。

「もちろんです。だが、いったい、どうすれば――」

「すぐに烏谷様まで使いを出して、お指図を仰《あお》いでください」

「わかりました」

季蔵は京極屋を辞すと、堀江町の粉屋で小麦粉をもとめて店に戻った。

この日、北町奉行烏谷椋十郎は、暮れ六ツ（午後六時頃）の鐘の音が鳴り終える前に、塩梅屋の暖簾を潜った。

巨漢の烏谷の所作は意外に繊細で、油障子はそっと開ける。

くんくんと鼻を蠢《うごめ》かして、ぐるりと大きな目を瞠り、持ち前の童顔をほころばせる。

「今頃は卯《う》の花（おから）であろうが――」

「よいところへおいでいただきました。この卯の花が仕上がるまで、離れでお待ちくださ い」

――お奉行様は京極屋のことでおいでになったのだ――

烏谷は身体が幾つもあるのではないかと疑いたくなるほど、日頃から、まめな性分でもあった。地獄耳、生き字引を自認しているだけではなく、多忙な奉行職とは思えない神出鬼没さで驚かされる。

「わかった、長次郎と積もる話などしておるぞ」

塩梅屋では必ず、この時季、卯の花をさまざまに料理して肴に出す。

豆腐が作られた後の絞り滓《かす》である卯の花は、鉢に満たした水にしばらく浸けておく。この後、布袋に入れて、固く絞り、少量の菜《な》種《たね》油を引いた鉄鍋で、さらさらのふわふわになるまで気長に炒《い》りつけると、乾《から》煎《い》りが出来上がる。

これを三杯酢で味つけして、三枚に下ろし、一口大に切った酢〆の鯵にまぶすと、左党にはたまらない卯の花和《あ》えになる。

烏賊《いか》の煮汁で、人参《にんじん》、蓮根《れんこん》、新牛蒡《ごぼう》等を細かくして煮込み、乾煎りの卯の花に合わせると、煎り豆腐が出来上がる。茹でた莢隠元《さやいんげん》の細い斜め切りを飾ると、新緑と白い花の取り合わせが何とも初々《ういうい》しい、一面の卯の花畑を目にしているようで心癒される。

季蔵は卯の花の小鉢二種を酒と一緒に離れへと運んだ。

七

「今日は卯の花の肴だけを食いに来た。酒は要らん」

烏谷は顔に似ぬ典雅な箸使いを始めた。

美味いものを好きなだけ食べられる、巨大な胃の腑の持ち主である烏谷は、食い道楽の権化《ごんげ》なのだが、食べるその姿は見苦しくない。

――わざわざ、報せに来てくださったのだ――

「日頃、こちらが用ばかりいいつけて、そちを荒く使っているゆえな。いずれ、冥途《めいど》で会う長次郎にいい顔をされないのは困る。冥途では、きっと、先に死んだ者の方が身分が高かろう」

烏谷は、ははははと高笑いして、

「文を届けてきた京極屋には、おいとへの差し入れのほかに、大番屋の役人たちにも挨拶《あいさつ》せよと書き届けた。これで、おいとの身もしばらくは障《さわ》りなかろう」

「ありがとうございました」

「ただし、月満ちておいとが子を産むまでのはからいだ。おいとが下手人だとしても、腹の子には罪はないと押し切って、詮議を伸ばしたのだ。京極屋の倅の件は、今後、一切不問にしてほしいと書いてきたが、それは見逃すことはできはせぬ。われらは、市中の治安を守るのがお役目ゆえな」

「弥太郎さん殺しの下手人として詮議されるのですね」

そこで季蔵は、京極屋で見聞きした話をした。

「何と、倅可愛さで血迷った生みの母と手を貸した大番頭が、下手人であるかもしれぬというのか」

　烏谷はふーっと大きなため息をついて、

「ならば、なおさら、下手人の詮議は徹底しなければいかん。この先、妻妾の間の悋気ごときで、人一人の命が、いともたやすく奪われるようなことがあってはならぬからだ」

　小鉢を綺麗に空にすると、

「罪人の女が身籠もっているという事情で、詮議を伸ばした例はあるのだが、その女は妻であって、妾ではなかった。妾の例はまだ無いのだ。御定法に則《のっと》って行う裁きでは、前例の無いことは認められにくい。今回のわしの判断について、奉行所の中には、あれこれうるさく言う者がおる。あれこれが蓄積して、火の玉になり、奉行職を狙《ねら》う者の耳に入らぬうちに、手を打って消しておかねばならぬのだ。京極屋は不問の件も含んで、わしにも過分な挨拶をしてきたが、これは今からの八百良《やおりょう》での宴《うたげ》で消える」

　立ち上がり、

「今頃、あそこでは鰯《いわし》ずしだろうが、わしは、ここの鯵の卯の花和えの方がいい。時季の間にもう一度食わせてくれ」

　烏谷は片目をつぶって見せた。

　八百良は市中で一、二を争う高級料理屋で、茶漬けを頼んだところ、奉公人を玉川上水にまで汲《く》みに走らせて、法外な茶漬け代を取ったという話が、格式ある店自慢の一端として語り継がれてきている。

ちなみに鰯ずしは鮓煮《すしに》とも言い、鰯と卯の花の重ね煮である。頭とはらわたを取って下処理した鰯を、鍋に並べて、卯の花の甘辛煮をのせ、さらに、また、鰯、卯の花というように、甘辛の煮汁を足しつつ、じっくりと煮込む。

酢を用いて、魚と卯の花を合わせているのは、鯵の卯の花和えと同じである。酢漬けの新生姜を添えて供される様子は美味であるだけではなく、江戸の粋《いき》が京風に溶け込んで、雅《みやび》やかではあったが、

「鰯ごときで肩が凝るのはたまらない」

烏谷は洩らした。

八百良での鮓煮ともなると、目の玉が飛び出すほどの高値であることは間違いなかった。烏谷を見送った季蔵は店に戻って、いつものように客たちの応対をしながら、三吉の麩の焼き作りを見守っていた。

――おいとさんの柏餅でも、お内儀さんが手配したカステーラでも、ほかに人は死んでいない。要吉さんは取り繕っているようには見えなかった。おいとさん、要吉さんとも下手人でなかったとしたら、真の下手人はいったい誰なのか？　やはり、茶を淹れた張本人のお内儀さんが、一番、怪しいことになるが――

これほど我が子を想う母親が、たとえ腹いせで、毒を入れたとしても、その量を間違えるとは思えず、季蔵はどうにも釈然としなかった。

五ツ半を過ぎて、客たちが帰って、暖簾がしまわれたところに、

「こんばんはー」

華やかな声が油障子を開けた。

艶《あで》やかなお座敷着姿のさと香であった。

「どういうわけなんでしょうね。ここいらを通ると、素通りできなくなっちゃって——」

「その節は美味しい柏餅と粽をご馳走《ちそう》になりました。ありがとうございました」

季蔵は笑顔で頭を垂れた。

「座っていい？」

「どうぞ。ただし、深酒はいけません」

「はいはい、わかってます。今日はちょっと話したいことがあって——」

季蔵は目で頷いた。

「この間、季蔵さん、あたしに松風堂へは父上の粽を買うついでに、行って並んだんだろうって言ったでしょう？」

「確かに申しました」

「あれね、本当なの。あの時は認めたくなかったけど——。どうしても、この時季になると、父上が幸せそうに粽のたこ糸を外す顔が浮かんで離れないの。それで、買って届けずにはいられないのよ。勘当されてるあたしが届けに行ったんじゃ、門前払いだろうから、並んで買った後、使いの人に長屋まで届けてもらってる。でも、無駄よね、あたしからってわかって、他人《ひと》にやっちゃうか、捨てて、猫の餌《えさ》にでもなるのが関の山なんだから

――」

「他人にもやらず、猫の餌にもなっていないとわたしは思います」

「どうして、そんな風に言い切れるの？」

「わたしはまだ、人の親になったことはありませんが、人が人を想う心の深さはわかっているつもりです。特に、親が子を想う気持ちには、はかりしれないものがあるのではないかと――。お父上はあなたが気がかりでならず、届けられる粽は感無量のはずです」

「だったら、勘当を解いてほしいものだわ」

「いずれ歳月がすべてを丸く収めるのでしょうが、さと香さんが折れて、お父上と話し合いを持ってはどうでしょう」

「追い返されるに決まってる」

「そこは根気よく通うのです。歳月に任せると遅くなりますから」

「そういえば、父上はお年寄りの物売りに弱かったっけ。特に押しの一手のお婆さん。わかったわ。時季外れの蚊帳《かや》を売りつけたお婆さんに倣って、あたし、めげずにやってみる」

「その意気です」

こうして、どことなく浮かなかったさと香の顔が晴れた。

「気持ちがさっぱりして覚悟ができたら、何だか、小腹が空《す》いてきちゃったわ」

「こんなものならあります」

季蔵は残った麩の焼きを勧めた。

「これって、皮は小麦の粉よね」

さと香は恐ろしげなものでも見るように、皿の上の麩の焼きから目を逸《そ》らした。

「それが何か――」

「あたし、小麦を使った食べ物が駄目なの」

ほっと切なげな息をついたさと香は、

「最初に気づいたのは、五つくらいの時だったかな。相長屋のおばさんがくれた金鍔《きんつば》を食べて、それはそれは大変なことになったのよ。突然、胸が苦しくなって、息が詰まりかけたの。父上があたしを逆さにつるして背中を叩き、残らず、吐き出させてくれなければ、今頃、命はなかったはず。それが、うどんや素麵《そうめん》なんかでも起きたわ。二度目からは、おかしいと思ったら、すぐ吐き出した。すべては小麦のせいなの。最初の時のは、金鍔の皮がよくなかったの。父上は学問好きだから、お医者に訊きに行ったりもして、世の中には、普通の人が何気なく食べているものが、駄目って人もいるってことを突き止めたのよ。ただし、それが何であるかは人によって違うんだそうで、あたしの場合は小麦だけど、これは、わりに多いんだそうよ。まあ、すいとんや素麵やうどんが食べられないのは、我慢できるけど、カステーラだけは残念すぎる。あれほど美味しいお菓子はほかに無いって、みんな言ってるもの――」

――カステーラ！　そうだったのか‼――

「ありがとうございました」

季蔵は礼の言葉を口にしていた。

「どうしたのよ？　いきなり――。今の流れじゃ、お礼を言うのはあたしの方でしょうに――」

目を白黒させたさと香に、季蔵は京極屋で起きた事件をかいつまんで話した。

「それはお気の毒だけど、間違いなく、カステーラの小麦のせいよ。特別な体質《たち》に限って、小麦も毒になってしまうのよ」

「さと香さんに一つ、お願いがあります」

この翌日、季蔵はさと香を伴い、番屋を訪れて松次や田端にこの話をした。

さと香は微《さい》に入《い》り細に入り、小麦に殺されそうになった話を紡《つむ》いだが、

「そんな話、ほんとにあるのかねえ。別嬪《べっぴん》すぎるあんたを見て、目が眩《くら》んだ助平野郎なら信じるだろうが――」

松次は首をかしげ続け、結局はさと香の父親と親しく、名医と評判の高い医師を田端が呼んだ。

事件の経緯を聞いた医師の指図で、京極屋で弥太郎の食歴についての詮議が行われた。

弥太郎は金鍔等の駄菓子は食べたことはなく、和三盆が使われている、上物の干菓子だけがおやつであった。

先代の素麵、うどん嫌いは、父親迪太郎にも引き継がれて遠ざけられ、すいとんは奉公

人の食べ物であるとされて、もとより、弥太郎とは無縁であった。

詮議の結果を聞いた烏谷は、

「小麦に縁の無かった今までが幸いであったのだとしたら、お内儀が柏餅の対抗馬に、カステーラを思いついたのが不運であった。だが、人が小麦を食わぬまま、長い人生を送れるとはとても思えぬ。ちなみに、弥太郎の父迪太郎は屋台の天麩羅に、母加代は薄皮饅頭《まんじゅう》に目がなかったが、老舗の呉服屋の主夫婦であるゆえ、日頃から、卑しい食べ物は決して口にしないという建前があるので、口の堅い大番頭の要吉にこっそりもとめさせ、ほかの奉公人たちに悟られぬよう、人目につかないところで舌鼓《したつづみ》を打っていたという。正直に何もかも話さぬと三四の番屋へ来てもらうことになると、脅して、やっと白状させたのだ。加代が倅と同じ体質で、今まで、偶然ではなしに、小麦を避けてきたのだとしたら、知らぬ存ぜぬでは通らん。天麩羅や薄皮饅頭には小麦が使われている。これで、弥太郎の体質は両親譲りではないことがわかり、知らぬ周囲が細心な注意をせずにいたら、たとえ今回、難に見舞われなくても、遅かれ早かれ、この手の不運は訪れたはずだ」

と言い切って、おいとを解き放つと、京極屋が望んだ通り、弥太郎の死について、今後、一切、おかまいなしを言い渡した。

第二話　おやこ豆

一

「おいとさんも、京極屋《きょうごくや》のほかの皆さんも、お咎《とが》めがなくてよかったですねえ」

さと香《か》が盃を片手に微笑《ほほえ》んでいる。

このところ、塩梅屋《あんばいや》は暖簾《のれん》を中へ入れてから、灯《あか》りが消えるのが遅い。

「こんばんはー」

「また来ました」

「お酒はいいの、ちょっとお腹空《す》いてるだけだから」

三日にあげず夜の闇《やみ》を縫うかのように、綺麗《きれい》な蝶《ちょう》が訪れて粘っていくからである。

季蔵《としぞう》は、名残り惜しそうな三吉《さんきち》を帰して、おき玖《く》と二人で相手をするのが常だった。

――さと香ちゃんが季蔵さんにほの字だったら困るわ。もしもの成り行きになったら、あたしは瑠璃《るり》さんに申しわけが立たない――

「小麦が毒となると、お座敷で出る豪勢な膳の料理で、お腹が膨《ふく》らむなんてこともないん本心を隠しつつ、この日、おき玖は気の毒そうに言った。

綺麗どころが好きなお大尽《だいじん》たちにとって、若い芸者にとびきり美味《うま》い料理を食べさせるのも、甲斐性《かいしょう》のうちだと耳にしている。

それゆえ、芸者を呼んだ折の料理代は、普段の三倍、四倍を請求される。

「それはそう。凝った料理は何が入ってるかわからないもの。だから、あたしは気をつけて、たいてい、青物の煮物に豆腐料理でお酒を過ごしちまうんだよね」

「今日はこれしかありません」

季蔵は残りご飯に、塩茹《ゆ》での空豆と梅干しを混ぜた握り飯を皿に盛りつけた。

「うわぁー、空豆。あたし、大好きなの。塩茹でしたのなら、幾らでも食べられる——」

さと香は飛び上がらんばかりに喜んだ。

「美味《おい》しいわ」

さと香は三つ目に手を伸ばした。

「どうして、今の稼業についたの？」

おき玖は話を続ける。

——たしかに、空豆なら、芸者にならずとも飽きるほど食べられるはずだ——

「前に言ったと思うけど」

「おとっつぁんに言われた通りの手習いの女師匠になりたくないだけで、大事なことを決めたりはしないと思う」

「これよ、これ」

さと香は華やかな京友禅《ゆうぜん》の着物の袖《そで》をひらひらさせ、自分の顔や大島田に結い上げた髷《まげ》を人差し指で指した。

「手習いの女師匠じゃ、こんな贅沢《ぜいたく》できないもの。あたしは食い道楽ができない分、着道楽がしたかったの」

「満足？」

さと香は握り飯を手にしたまま、

「まあ、悪くはないわ」

やや声を落とした。

「その形《なり》でうちにくると、まさに、掃き溜《だ》めに鶴《つる》よ」

——着道楽を極めたいのなら、それに見合った店へ足を向けるはずだ——

「掃き溜めに舞い降りたい鶴もいるの」

上手《うま》く躱《かわ》されたなと、季蔵は心の中で苦笑して、

「お父上のところへは？」

気にかかっていたことを訊《き》いた。

「端午の節句は終わってしまったし、嘉祥喰《かしょうぐ》いは次の月だし、何もないのに行けないわよ。玉《たま》ちゃんのことを蒸し返されるのも嫌だし——」

「玉ちゃんって？」

おき玖は聞き逃さなかった。

「あたし、駄目ね、もう、馬鹿」

さと香はぱんと一つ、自分の額を平手打ちして、

「父上の手習所で一緒だった幼馴染《おさななじ》みが玉助《たますけ》さん。二つ年下だし、はじめは、弟みたいな気持ちだったんだけど、そのうち、気がついてみたら――」

顔を赤らめた。

――さと香ちゃんに好きな相手がいてよかった、ひとまず安心――

おき玖は胸を撫《な》で下ろした。

「お父上との仲違《なかたが》いは玉助さんが関わってのことですね」

季蔵は言い当てた。

「だって、父上ときたら、頭ごなしに、おまえより、学問のできない奴は駄目だって、つきあうのを許してくれないから。父上の望みはあたしが女師匠で、相手もひとかどの学問を修めていることだったのよ。相手次第では女師匠は辞めて、子育てにかかりきりになってもいいって――」

「そういう決めつけも嫌だったのでしょう」

「そりゃあ、もう、カチンときた。だから、こっそり覚えた聞きかじりの三味線を、置屋のおかあさんにやたら褒められて、是非是非って言われた時には、やっと、素のあたしを

認めてくれるところへ行ける、がんじがらめだった父上の縛りから抜けられるって思ったの」

「ところが、そうでもなかったのでは？」

「それはそう――」

盃を手にしたさと香はおき玖に向かって突き出した。

「ほどほどにしてね」

おき玖が注《つ》いだ酒をぐいと飲み干すと、

「今じゃ、どうして、父上があれほどくどくど言っていたのか、よくわかる。置屋のおかあさん、あたしの三味線に感心してくれてたんじゃなかった。筋がよくて、年季を積んでる姐《ねえ》さんたちに欠けてたのは若さ。芸者を呼ぶお客さんたちは、三味線が聴きたいんじゃない、吉原のお女郎さんとはまた違った趣向の遊びをしたいだけだった」

黒目がちの大きな目を潤ませた。

「玉助さんとはその後？」

「玉ちゃんはずっと、あたしを支えてくれてる」

さと香はにっこり笑った。

「それはよかった」

「玉ちゃんがいてくれるから、あたしは、まだ、この辛い毎日が我慢できるの。生きていけるのよ。絶対、いつか、二人で所帯を持とうってね。おかあさんのことも、最初は騙《だま》されたって思ったけど、こんなあたしに大枚はたけば、それなりの見返りを期待しても、当然だって思えるようになって、今じゃ、全然恨んでないのよ。あたしって、小麦で死にかけたことあるから、たいていのこと、前向きに考えられる。もっとも、〝恨むより励め〟って、教えてくれたのは父上だったけど――」

「何よりの言葉です」

「ところで、季蔵さんにも、支えになってくれる女《ひと》がいるんじゃないの？」

――凄《すご》いこと、いきなり訊くのね――

おき玖はよもや、季蔵が応《こた》えるとは思っていなかった。

「先ほど、あなたが言った通りです」

「やっぱり‼　ねえ、どんな女？」

さと香は身を乗り出した。

「名は瑠璃と言います」

――そんなこと、話していいの？――

思わず、おき玖は季蔵の顔を見つめた。

「多少、長い話になりますが、いいですか」

許嫁《いいなずけ》が主家の横暴な嫡男《ちゃくなん》に横恋慕され、自身は自害に追い込まれかけて出奔《しゅっぽん》、困窮していたところを、塩梅屋の主《あるじ》に拾われ、再会した瑠璃が正気を失っていた事実を、季蔵は初めて他人《ひと》に話した。

ただし、烏谷《からすだに》との関わりや、隠れ者となっている事実は伏せたので、主家の親子が殺し合った雪見舟での惨状を目の当《ま》たりにして、嫡男の側室だった瑠璃の心が壊れてしまったということは省いた。

どうして、話してしまったのか不思議でならなかったが、なぜか悔いはなかった。

「そんな酷いこと‼」

さと香の青ざめた顔から、涙が一筋流れ落ちた。前から知っていたおき玖も気持ちが沈んだ。

「生家はすでに弟が継いで、わたしは死んだことになっています。どんなに望んでも、両《ふた》親《おや》に生きている間に会うことは叶《かな》わぬでしょう。あなたはわたしとは違います。是非とも、お父上と縁を戻してください。それがわたしの叶わぬ夢でもあるのです」

「季蔵さんに比べれば、あなたなんか、耐えているうちに入らないのよ」

おき玖は語気を荒らげ、頷いたさと香は、

「本当は、父上のこと、悪くなんて少しも思ってないの。だって、あたしと同じで小麦が毒だった、お大尽の京極屋さんの坊ちゃんは、あんなことになったっていうのに、あたしはこうして今、生きてるんだもの。そばに父上がいて、守ってきてくれたからだもの。小麦が、あたしには毒になるんだと分かってからは、父上も小麦が入っているものは、口にしなかったの。父上はいつもいつも、あたしのことを想ってくれてる。そして、そんな父上に会おうと思えば会えるんだものね。父上とあたしの空豆の話、してもいいかしら？」

「是非、お聞きしたいです」

季蔵が促した。

「母上はあたしを産んですぐ死んでしまい、父上が必死に貰《もら》い乳をして育ててくれたんだけど、物心がついてくると、相長屋の子たちに、〝やーい、貰い乳っ子〟って、からかわれるようになったのね。他所《よそ》の家にはおっかさんがいるのに、うちに母上がいてくれないのが寂しくて、つい、〝花見にも連れて行ってくれず、雛《ひな》祭りに何も飾らないのはうちだけ〟なんていう、恨み言を父上に言ったの。端午の節句の後、ちょうど、今ぐらいには、〝どうせ、父上はあたしが男の子じゃないんで、つまらないって思ってるんでしょ〟って、当たり散らしもしたの」

「空豆の時季ですね」

季蔵が笑顔を向けると、

「そう。そうしたら、ある日、父上が籠《かご》一杯の空豆を買ってくると、塩茹でにして、白い紙で花を作って箒《ほうき》や叩《はた》きに飾って、〝さあ、うちは、今から、花見と雛祭りを豪勢にやるぞ〟って。父上は空豆の塩茹ででお酒を、あたしはお茶を、それぞれ飲んだだけだったけど、何だか、とってもその日はうれしくて、狭い棟割《むねわ》りが御殿に見えたっけ。以来、あたしは空豆が好き」

さと香は目をしばたたかせつつも微笑んだ。

二

「男の呑《の》み助はみんな、空豆が好きよね。あたしの死んだおとっつぁんも、今頃は、もう、空豆の塩茹でに夢中だったわ」

おき玖はなつかしそうに呟《つぶや》いた。

「おき玖さんのお父上、亡くなられてるんですね」

さと香の目が潤みかけ、

「何年か前だけどね。おっかさんの方はもっと前に」

「それじゃ、おき玖さん、独りぼっち――」

声が掠《かす》れた。

「そう。だから、季蔵さんの言う通りよ。親が生きていてくれるっていうのは、どんなにうれしいことか知れないんだから、仲違《なかたが》いのままは勿体《もったい》ないわ」

「そうなんだけど」

さと香は困惑気味に頷いた。

「でも、あたし、今更《いまさら》、父上にどう話しかけていいかわからなくて、追い返されると死にたくなりそうで――」

さと香の表情は思い詰めている。

「お父上に、空豆尽くしの弁当を届けるというのはいかがでしょう?」

季蔵の提案に、

「いいわね、親子とも好きな空豆の尽くし弁当」

おき玖はすぐに賛成した。

この夜も、さと香は季蔵が送って行くというのを断って、一人で帰って行った。

さと香を見送った後、

「驚いたわ。季蔵さんが瑠璃さんのことを、他人に話すの――初めてなんじゃない」

おき玖はふと呟き、

「なぜか、すらすら言葉が出てきてしまいました」

「無邪気でまっすぐで、汚れを知らなくて、さと香ちゃん、いい娘よ。それだけに、季蔵さん、ついつい、親身になったのよ。あたしも気がついたら、亡くなったおとっつぁんや、おっかさんの話、説教代わりにしてたもの。あの娘が、今、身を置いてる場所ときたら、あんまり危なっかしすぎる――。だから、なおさら、あの娘のおとっつぁんに、勘当を解いてやってほしいと思うのよ」

案じるため息をついた。

翌日から早速、季蔵は空豆尽くしの献立を考え始めた。

「おとっつぁんは塩茹で一辺倒だったから、空豆尽くしは季蔵尽くしだわね。楽しみだわ、頑張って」

おき玖に励まされた。

「思いつくままに書いてみました」

季蔵は献立を書いた紙を広げた。

小鉢　空豆の生姜和《しょうがあ》え
椀物　空豆の葛《くず》ひき椀
お造り
焼き物
揚げ物　空豆と小海老《こえび》の落とし揚げ
煮物　空豆の卵とじ
ご飯　空豆と梅干しの握り飯
菓子

「ふーん、わざと塩茹でを外したと見たわ」

「馴染みの塩茹でに勝《まさ》るものはないと、決めつけられてしまわないようにです」

「どうして、菓子のところが空いてるのかな？」

居合わせていた三吉が口を挟んだ。

「そういえば、お造りや焼き物も──」

おき玖が訝《いぶか》しそうに相づちを打つ。

「実はどうしても思いつかなくて」

季蔵は頭を掻《か》いた。

「何か良い考えはありませんか？」

「空豆って、甘く煮ると美味しいのよね。一度、おとっつぁんが気まぐれで作ってくれた時、お菓子みたいで美味しかった。それから、せがんでよく作ってもらった。たしか、季蔵さんも知ってる味よ」

先代長次郎《ちょうじろう》が娘おき玖の頼みで、渋々、煮上げる空豆は、空豆のうすら煮と呼ばれている。

むきたての空豆にひたひたの水を加え、豆が柔らかくなったところで、好みの甘さの砂糖を加え、しばらく煮てから、塩と醬油《しょうゆ》少々を混ぜて味を馴染ませる。

京風に塩だけで煮れば色は美しいが、味は醬油を加えた江戸流が勝る。

煮汁とともに、匙《さじ》ですくって食べたり、炊きたてのご飯にかけても美味である。

「おいら、それ、知らねえんだけど」

長次郎の死後、塩梅屋の下働きになった三吉が唇を尖《とが》らせた。

「毎年、うすら煮を思いつきはするんだけど、おとっつぁん、好きじゃなかったから、作ってもお供えできないんで、季蔵さんに頼みそびれてたのよ」

「とっつぁんっていう大師匠、菓子は嫌いじゃなかったよね」

三吉はおき玖に相づちをもとめた。

「麩《ふ》の焼きなんていう、ちょっと風変わりなのが好きだったけどね」

「おいら、空豆でその大師匠を唸《うな》らせる菓子を、きっと作ってみせる」

三吉は強い目色で拳《こぶし》を固めた。

「役には立ちたいけど、空豆のお造りと焼き物はちょっと、思いつかないわ。後を引いて、幾らでも食べられる、塩茹でしか、頭に浮かばない。砂糖と相性のいい空豆のお菓子なら、あたしも多少は思いつきそうだけど」

「それなら、この際、菓子は二種にしましょう」

季蔵が言い切ると、

「それじゃ、勝ち負けがついちまう。おいら、また、眠れなくなっちまう――」

先だっての烏賊《いか》競《くら》べでの緊張を思い出したのか、ぶるっと肩を震わせて、とたんに尻込みした三吉の背中を、

「あたしも頑張るから、しっかり。大丈夫」

おき玖はどんと叩《たた》いた。

この後、季蔵は武藤多聞《むとうたもん》に使いを出した。

八ツ（午後二時ごろ）過ぎて、武藤多聞が塩梅屋を訪れた。

「七の付く日でもないのに、お呼び立てしてすみません」

「いや、季蔵殿には何かと世話になっている。それがしで役に立つことであれば、何なりと言ってくれ」

武藤は浅く床几《しょうぎ》に腰掛けた。

〝菓子二種、おき玖、三吉〟が加わった、空豆尽くしの献立を見せた季蔵は、

「お造り、焼き物のところを何とか、武藤さんのお知恵で、埋めていただけないものかと
――」

頭を下げた。

「そもそも、空豆をお刺身になんてできるのかしら？」

おき玖は献立を見せられて以来、ずっと胸にしまっていた素朴な問いを吐き出した。

――お造りのお刺身といえば、生の魚やせいぜい蒟蒻《こんにゃく》なのではないかしら？――

「こちらが、空豆畑に出向けばたやすいことだ」

武藤はこともなげに答えた。

「子どもの頃、家の裏手は日々の菜を買わずに済ませるための菜園で、出仕する父を除く、一家総出で畑仕事をしていた。貧しさゆえに、菓子とは縁がなく、八ツ時に腹が空くと、厨《くりや》から塩を一つまみ、懐紙に挟んで懐に入れて菜園に向かう。そして、この時季はもぎたての空豆をさやから出し、うす皮を剝《む》かずに、塩をふりかけて食べた。夏には胡瓜《きゅうり》や茄子《なす》、秋は唐芋《からいも》で冬は大根、どれもこれも、夢心地にしてくれるほど美味かった」

「実はわたしのところも似たような暮らしで、それほど灰汁《あく》の強くない、もぎたての青物は、そのまま食べても美味しいとは知っていましたが、あいにく、空豆は作っていなかったのです。やはり、空豆もそうでしたか」

季蔵はふむふむと頷いた。

「なるほどねえ。青物売りを待っているような、市中の暮らしからは想像もできないわね。だとすると、空豆の焼き物っていうのは、生でも食べられる、もぎたての空豆をさやから出して、遠火の丸網でさっと焼いて、風味をつけるってことよね？」

おき玖は確信していたが、

「それは違う」

武藤は首を縦に振らなかった。

「だって、それ以外、どんな焼き方があるっていうの？」

「おいらもわかんねえ」

仕込みをしながら、聞き耳を立てていた三吉が手を止めて、武藤を見つめた。

「焼きってえのは名ばかりで、実は塩茹でだったなんてえのは、なしだよ。ただの塩茹でじゃ、この塩梅屋が侮《あなど》られちまうんだから」

「ははは」

珍しく、武藤は笑い声を出した。

「断じて塩茹でではない、安心せい」

きっぱりと言い切ると、

「空豆の焼き物は、さやごと網で焼くのだ」

「さやから出して焼くのと、いったい、どこがちがうのさ」

三吉は鼻白《はなじろ》んだ。

「焼く前に塩水で下ごしらえをするのだ。両端を切り落とした空豆を塩水を入れた桶《おけ》に入れて、蓋《ふた》をし、半刻（約一時間）ほどおく。水をよく切ってから、網で焼くのだ。強火で焦げ目がつくほどに焼く。すぐにさやから出して食べると、湯気で舌が火傷《やけど》をするので、ざっと熱が取れてから食する。水気と塩気がほどよく豆に染み、ほくほくしていて、たいそう美味い。もぎたての生にも、ひけを取らぬほどだが、ほんのり焼きならではの風味があって、素の旨味《うまみ》という点では同じでも、生とはまた違った逸品だ。もちろん、うす皮はついたままでよい」

思わず、ごくりと生唾《なまつば》を飲み込んだおき玖は、

「あら、嫌だ」

顔を赤らめた。

三

「おかげさまで空豆のお造りと焼き物ができました」

季蔵は筆で献立の空白を一部埋めた。

「後はおき玖殿と三吉の菓子だな。空豆を使っての菓子とは楽しみだ」

呟く武藤に、

「おかみさん、そろそろじゃあ？」

生唾の音を早く忘れてもらいたいこともあって、おき玖は訊いてみずにはいられなかった。

「産婆《さんば》はあと二十日ほどだと申しておる」

「そっちも楽しみですね」

今度は武藤がややむず痒《がゆ》い顔になった。

「お腹に子のある女はお菓子に目がないって聞きましたけど、おかみさんも？」

おき玖は続けた。

「甘いものを好みがちだ」

「どんなお菓子を召し上がるんです？」

「菓子を買っていては、それがしの懐《ふところ》が持たぬと承知しているのか、もっぱら、唐芋を茹でて食している」

「空豆はお嫌いじゃないですよね」

「それがしのところでは、もっぱら、生か、茹でるか、焼くかだが――」

「おかみさんが子を産む時の力になるよう、これぞという、美味しい空豆菓子をきっと作ります」

おき玖は言い切り、

「頑張ろうね」

三吉に相づちをもとめた。

こうして、菓子を除く、空豆尽くしの献立が出来上がった。

何日かして、浅草は今戸町に住まう船頭の豪助《ごうすけ》が、女房おしんとの一粒種善太《ぜんた》を肩車して、塩梅屋を訪れた。仕込みが一段落した八ツ時前である。

季蔵が主家を出奔した直後、侍姿で乗った舟の船頭が豪助であった。二人の縁は長く深い。

「兄貴、ご無沙汰《ぶさた》でした」

「たしかにしばらくぶりだな」

返した季蔵に、

「今頃は向島《むこうじま》の菖蒲《しょうぶ》を見ようってえんで、市中の花好きがこぞって、舟に乗るもんだから、ここのところ、大わらわだったのさ」

やれやれと目を細めた豪助の顔は相も変わらず黒い。

夫婦《めおと》になったのを期に、豪助は船頭を辞めるつもりだったが、

「そんなのおまえさんらしくない。あたしは颯爽《さっそう》と舟を漕ぐあんたが好き」

とおしんに言われて、今もまだ櫓《ろ》を漕いでいる。

ちなみに豪助は色黒でさえなければ、目鼻立ちの整った役者と見まがうほどの顔千両の持ち主であった。

「大きくなったわねえ」

おき玖は善太に向けて笑みを広げた。

「おとっつぁんに似てきたみたい」

善太のきらきらと光ってよく動く大きな目は、やんちゃそのものに見える。

「みんなそういうんだが――」

まんざらでもない豪助は、心持ち目尻を下げて、

「いたずら好きでね、ちっとも目が離せない。休みの日は待ってましたとばかりに、おしんに子守をさせられる」

言葉とは裏腹に幸せそうなため息をついた。

「腹、腹減った」

善太はおき玖の方を見て豪助の頭を叩いた。

「さっき、おっかあの弁当を食ったばかりだろうが」

豪助がたしなめたものの、

「そろそろ八ツ時だな」

季蔵は、はたと困った。

――菓子は別腹だ。特に子どもの頃は――わたしもそうだった――

あいにく、菓子を切らしていた。そもそも、塩梅屋は菓子屋ではないので、始終菓子を置いているはずもなかったが。

三吉を使いに出そうにも、別の用ですでに出かけている。

「あたしについてきたら、美味しい物あげる」

おき玖が豪助の肩に向けて両手を伸ばすと、善太はすいっとその身を預けた。

おき玖は抱き取った善太を土間に下ろし、

「善太ちゃん、せっかく、神様にもらった足ってもんがあるのに、いつまでも、おとっつあんの背中に乗ってばかりじゃ駄目よ」

手をつなぐと、善太を促して階段を上って行った。

「何か用でもあるのか？」

所帯を持った豪助が訪れるのは、おしんからの頼まれ事であることが多い。

漬け物屋で奉公していたおしんは、漬け物上手と、持って生まれた人あしらいの上手《うま》さもあって、亡父の跡を継いだ茶店を浅草界隈《かいわい》の人気茶店に押し上げていた。

「毎度のことで、すまねえんだが――」

おしんからの頼まれ事とは、茶店の品書きの相談であった。

「今時分のもんで、これぞってえ、漬け物の案はねえだろうかって」

「今、うちでは旬《しゅん》の青物で、尽くしの献立を練ってるところだ」

「へえ、一膳飯屋の尽くしが魚じゃなくて、旬の青物かい？」

豪助の目が輝いた。漬け物は青物主体で作られる。

「いったい、何の青物だい？」

「空豆だ」

「空豆ならうちでも塩茹でを出してるよ」

豪助はなあんだとばかりに口を曲げた。

「評判はどうだ？」

「時季もんなんで、そこそこだが、飛ぶようにってほどじゃねえな。客の中には、こいつは酒と一緒じゃねえと食う気になんねえ、なんて抜かす奴もいるんだそうだ」

「一つ、塩茹でではない、漬け物屋らしい空豆を出してみたらどうか？」

「空豆の漬け物なんてもの、あるのかよ」

豪助は半《なか》ば、自棄《やけ》気味に呟いた。

「ある」

季蔵は珍しくおどけた表情になって、

「ただし、まだ、試しを作っていない。だから、俺の考えた作り方を書き留めていくだけで、後はおしんさんが作って決めてほしい。いいか？」

「わかった」

「まず、鍋に砂糖、酒、醬油、ごま油、隠し味に梅風味の煎《い》り酒《ざけ》を入れて煮立たせる。これで空豆を茹でるので、わりにたっぷりの量が必要だ。ここに、さやから出した空豆を入れてやや固めに茹でる。鍋を火から下ろしたら、にんにくの薄切りを入れ、蓋をして一日寝かせる。漬けるので薄皮まで美味しく食べられる。ヘソのように見える空豆の薄皮の黒いところに、包丁で切り込みを入れておくのを忘れないように。こうしておけば、茹でる間に身が飛び出したりしないで、形良く、お客様にお出しできる」

「聞いてるだけで、美味そうだ」

打って変わって、豪助はにこにこと笑い、紙を懐に収めると、

「これなら、おしんも大喜びする。よし、品書きは空豆の浅漬けとしよう」

「料理の名をおまえが勝手に決めていいのか」

「あんたはあたしより見てくれがいいだけじゃなく、舌が肥えてる、趣味もいってえのがおしんの口癖なんだ」

豪助は目を細め、

「それは結構」

季蔵は必死に笑いを嚙《か》み殺した。

ほどなく、おき玖が善太の手を引いて階段を下りてきた。

善太のもう一方の手には竹の水筒《すいづつ》が握られている。

水筒の中には、水と青くつんつんした葉が何本もぎっしりと詰まっていた。

「ほう、松葉飴《あめ》、とうとう出来上がったのですね」

松葉飴は新緑の頃の松葉の新芽、水、砂糖だけを使って作られる、自然の炭酸飲料である。

「しゅう、しゅう、しゅう、しゅう、しゅう」

善太が唄うように繰り返す。

水に松葉と砂糖を入れた水筒を、日当たりのいい場所に二日ほど置いておき、ほんのり、

酸味が出てきたら飲み頃であった。

おき玖は、亡き父長次郎が作ってくれた味と泡の迸《ほとばし》りを忘れられず、毎年、この時季になると、何度失敗しても、繰り返し作ってみずにはいられなかった。

「今まで上手くできないのは、松葉のせいだとばかり思ってたのよ。それで、松葉を摘む場所を変えてみた。ずうっと失敗。やっと、松葉のせいじゃないってわかった。今年は早めに作ってみたら、大当たり。ちょっと待っててね」

おき玖は豪助が善太を抱き寄せるのを待って、とんとんと軽やかな音をさせて二階に上がると、何本か、松葉飴の水筒を抱えて下りてきた。

「早めに作ったのが、どうしてよかったのです？」

季蔵は興味津々である。

「晴れの日に作ったのがよかったの。これって、しゅうしゅう、涼しそうな泡が出てくるんで、今までは、蒸し暑い梅雨に試してたのよ。その頃は雨か、曇り空ばかりだから、上手くいかなかったのよ。松葉飴には何より、お陽《ひ》様が大事だったというわけ」

おき玖は松葉飴の入った水筒を豪助や季蔵に手渡した。

「豪助さんにはおしんさんの分も」

「悪いな」

「大丈夫。梅雨には間があるから、まだまだ沢山作れるわ」

ここで、善太が父親の顔を見上げて、

「しゅう、しゅう、しゅう、しゅう、ね、とうちゃん、ね、しゅう、しゅう、おいし、おいし、ね、とうちゃん」

きゃっきゃっと無邪気に笑った。

四

この後、豪助は、

「そういゃあ、何日か前に、新材木町の甚兵衛《じんべえ》長屋裏の空き地で侍が死んでたんだそうだ。とんでもねえ三一《さんぴん》（扶持《ぶち》が三両一分という低い身分の侍を指す蔑称《べっしょう》）だったってんで、おしんの話じゃ、まわりの連中は清々したって言ってるようだ。他人様《ひとさま》の不幸を喜ぶなんぞ、とんでもねえって説教したが、そいつは嫌われ者で、生きてりゃあ生きてるだけ、毒をまき散らすような奴でね。強面《こわもて》の剣術自慢で、女にはしつこいは、勘定という勘定は踏み倒すはで――。三一侍のごろつきだと話には聞いていたが、俺の船に乗ったときは、ほかの客がびくびくしてたんで、なーるほどと妙に合点したよ。下手人がいたら褒めてやりてえくらいさ」

つい最近の市中での出来事を洩《も》らして帰って行った。

その翌日から、日に二、三点と決めて、空豆尽くしの試作が始められた。

「これから作る空豆料理はどれも、塩茹でしてから薄皮を剝く」

季蔵は薄皮の剝き方について伝授した。

「空豆の身は薄く、ほろほろと形が崩れやすいので、気をつけるのだぞ。切り込みを入れた黒いところに自分の爪《つめ》を引っかけて、そこから剝いていくと綺麗に剝ける」

こうして、取り出された空豆の身を使って、まずは小鉢の空豆の生姜和えが作られた。すり下ろして絞った生姜の汁に、少々のごま油、塩を混ぜ、茹でた空豆を和えるだけの一品について、

「まあ、すがすがしい肴。いいわね、これでお酒」

おき玖は盃を傾ける仕種《しぐさ》をした。

次は空豆の葛ひき椀である。

これは昆布《こんぶ》風味の煎り酒を薄めて出汁《だし》代わりにして、砂糖と塩で優しく味を調え、この中に茹でた空豆を入れ、しばらく浸《ひた》して味を馴染ませる。椀に盛りつける直前に火にかけて温め、水で溶いた葛粉をまわし入れてとろみをつける。

「まるで、清水の中に、緑色の大きなろうかん（翡翠《ひすい》）が踊ってるようね」

おき玖が感嘆すると、

「ろうかんなんて見たことねえから、ぴんと来ねえ。おいらには、川に木の葉がきらきらと映り込んでるように見える。それだと汁はもっと緑が濃いだろうな」

呟いた三吉に、

「それでは、おまえの思い通りの葛ひき椀を作ってみろ」

季蔵は俎板《まないた》の前から一歩下がった。

「おいら、な、何も、そんなつもりじゃ――」

「わかってる」

「おいら、そんなもんが作れるなんて、言ってないのに――」

三吉は今にも泣きそうになった。

「ならば、助ける。わたしは、ただ、おまえが見たという新緑の川面《かわも》が見たいだけだ」

「あたしも見たいわ」

二人して促された三吉は、

「わかりやした。けど、ほんとに助けてくださいよ」

念を押すのを忘れなかった。

「まずは汁を緑にしたいんですけど」

「ならば、空豆を裏漉《うらご》しにしろ。だが、その前にしっかり一番出汁を取れ」

「昆布風味の煎り酒は使っちゃいけねえですか？」

「色がついてしまって、鮮やかなはずの木の葉の色が褪《あ》せる」

「なーるほど」

一番出汁をとったところで、裏漉しした空豆と馴染ませた。

「どうだ？」

「なーんかねえ。裏漉しの空豆が沈んでて、木の葉じゃなくて、苔《こけ》みたいだな」

「これで漉してみろ」

季蔵は木綿《もめん》の布を渡した。

布こしした汁はまさに、新緑の木の葉の色そのものであった。

「すげえ」

見惚《みと》れる三吉に季蔵は、

「木の葉が重なりあって映ってるのではなかったのか？」

と注意を促し、

「そうだった、だとすると――」

「空豆を木の葉代わりに入れてみて」

おき玖は茹で空豆が盛られた目笊《めざる》を指さした。

「木の葉だから、こうしてと――」

三吉は二つに割った空豆の身を、恐る恐る沈めていく。

「ここまでは目の愉《たの》しみ、最後は口福《こうふく》だ。さあ、どうする？」

「そりゃあ、もう――」

三吉は新緑の川面に見立てた空豆と汁の入った鍋を、火にかけると、葛をひいて、塩だけで味を調えた。

「いいお味。寝付いていて、今の新緑を見に行けない、病人やお年寄りに作ってあげたら、どれだけ、心の慰《なぐさ》みになることか――」

おき玖の言葉に季蔵は深く頷き、

「さて、これに名前をつけないと――」

「えっ？　おいらの考えついた椀物に？」

三吉は目を輝かしかけて、

「って言っても、思いつきだけで、ほとんど、手伝ってもらったんだけど――」

「料理は思いつきも大事だぞ」

「空豆あってのものだから、空豆共仕立て三吉椀というのは？」

おき玖の提案に、

「いいですね、そう名づけて、献立もこれに変えましょう」

季蔵は筆を取り、紙に線を引いて書き換えた。

「いいのかな？」

と、言いながらも、三吉はどんなに堪えようとしても、沸き上がってくる笑みには逆らえなかった。

この日、あと一つで、暮れ六ツの鐘が鳴り終えるというところで、北町奉行の烏谷椋《りょう》十郎《じゅうろう》がどたばたと塩梅屋に走り込んできた。

「大きな音はたてたが、油障子は壊しておらぬぞ」

普段の烏谷は、巨体に似ず、意外に身のこなしが軽かった。

暮れ六ツが鳴り終わった直後、油障子の開く音も暖簾《のれん》を潜《くぐ》る音もさせず、さっと目の前に、大きな丸顔がにこにこと迫っていることの方が多い。

「お疲れのご様子で」

「労《いた》わってくれるのか」

烏谷は今日ばかりは目立って見える、目尻の皺《しわ》を拭《ふ》くかのように、手拭《てぬぐ》いで額から吹き流れている冷や汗をぬぐった。

「長次郎に助けてもらいたい」

のしのしとやや重い足取りで離れへと向かった。

季蔵は空豆の生姜和えに空豆の共仕立て三吉椀、昨日、おき玖のために作り置いた空豆のうす煮のほかに、献立にはない一品を拵《こしら》えた。

離れでそれを目にした烏谷は、

「わしのためにだな」

深かった目尻の皺を消した。

「しかし、豌豆《えんどう》の代わりに空豆とは考えたものだ」

献立にはない一品とは、空豆と鶏そぼろの黄身あんかけである。

実はこれは長次郎の残した日記に書かれていて、〝北町奉行烏谷椋十郎様のお供をして賞味した、豌豆料理の絶品ながら、これを供する料理屋が店仕舞いしたため、今一度、味を確かめることなく、自己流にて作る〟とあった。

もとより、そう凝った料理ではない。

ただし、鶏そぼろを炊くには、それなりの工夫が必要である。まずは、鶏肉はよく叩いておく。だが、如何《いか》に細かに叩いた鶏肉でも、煮立った煮汁に入れると、固まってしまい、舌触りのいいそぼろにならない。

酒、砂糖、醤油、塩、水適量を鍋に入れ、ここに鶏肉を加えて、まんべんなく混ぜて、とろとろにしてから、初めて火にかける。

中火から弱火で、焦らず、汁気がなくなるまで箸で混ぜて、しっとりとしたそぼろに仕上げる。ぼろぼろに固くなるので、煮詰め過ぎは厳禁である。

黄身あんの方は、昆布風味の煎り酒を薄めた出汁に、砂糖、酒、塩、葛粉、卵黄をよく混ぜ、中火でとろりと練り上げる。

この黄身あんを、皿に盛った茹で空豆と鶏そぼろにかけたのが、空豆と鶏そぼろの黄身あんかけの小鉢だった。

「たしかに、酒には豌豆よりも、空豆の方が、青臭さが少ないのに、独特のクセが強くて合う」

烏谷は真っ先に、長次郎との思い出も込められているこの料理に箸をつけた。

「侮りがたきは空豆だな。永きにわたり、塩茹でばかり愛《め》でられていて、憤懣《ふんまん》やる方なかったであろう」

酒が進んで、生姜和え、三吉椀と次々に平らげていく。

「おそらく、空豆尽くしであろうから、この先もまだあるはずだ」

「ご推察通りでございますが、試作をまだしておりません。それはまたのおいでの時に――」

季蔵は茶を淹《い》れた。

「さて――と」

烏谷は膳の上に盃を置いた。

――いよいよだな――

烏谷は季蔵の裏稼業と関わって塩梅屋を訪れる。

「何でございましょう？」

「ふむ」

烏谷は置いた盃を伏せた。

「その方からは滅多にわしに声をかけない。だが、わしの方は一方的に押しかける。今日ここに来たのは、何も先だっての端午節句の一件で、わしが呼びつけられたことへの返礼を、そちにもとめてではない」

――そうだったのか――

烏谷は、これまた、豪快そうに見せている表向きとは裏腹に、常に相手の心の機微を詮索している。

――お奉行様はわたしに、隠れ者の分をわきまえ、決して馴れ合うなとおっしゃっているのだ――

「お役目をお聞かせください」

季蔵はすでに伸ばしていた背筋をさらにぴんと張った。

五

「新材木町の杉森稲荷《すぎのもりいなり》神社近くの甚兵衛長屋の裏手で侍の骸《むくろ》が見つかった。長屋の裏手は今の時季、山吹の花の名所で、普段はたいして人通りもないが、この時季の、風流を好む者たちが通りかかって見つけた」

――新材木町の甚兵衛長屋といえば、豪助が話していた所だ――

季蔵は驚きを隠せなかった。

「ほう、すでに耳に挟んでおるのか」

烏谷の目がやや怒って、

「あれほど、洩らさぬようにと申しておいたのに――。どうにも、岡っ引きなどのお手先連中は口が軽くて困る」

「聞いたのは松次《まつじ》親分からではございません。お客様の一人です。とかく、人の口に戸は立てられぬものです」

――しかし、どうして、これほどのことをひた隠しにしたいのか？――

「そのお侍はどのようにして亡くなったのです？」

――死んだ理由について、豪助は何とも言っていなかった――

「山吹の名所には、権助石《ごんすけ》という大きく尖った石がある。その石に血糊《ちのり》がべったりと付いていた。御書院番頭小笠原能登守《おがさわらのとのかみ》様御家中の古田大膳《ふるただいぜん》は大いに酒気を帯びていた。酔ってここを通りかかり、弾みで倒れ、権助石に頭をぶつけて死んだものと思われる」

烏谷は淡々と話した。

「それで？」

季蔵は息を止めて、相手の次の言葉を待った。

——これで一件落着ならば、お奉行がこのような話を持ち出すわけがない——

「小笠原家を知っておろう？」

「はい」

「今回の問題はそこだ。小笠原家では、たとえ平侍一人とはいえ、上様の禄をはむ家臣ゆえ、おざなりの調べで済ますは、当家を面罵《めんば》するに等しいと、何と、お目付を通して、奉行所に申し入れてこられたのだ」

泰平《たいへい》の世にあって、たとえ大身であっても、手柄を立てて、暮らし向きが上向くことなどはあり得ず、唯一の支えは家名への誇りを置いてなかった。

「酔い潰《つぶ》れた挙げ句の失態が死を招いたでは、確かに、外聞が悪いですね」

「かなりの遣《つか》い手として名を馳《は》せていた古田大膳が、刀を抜くこともなく酔って頭をぶつけて死んだというのでは、小笠原家では面目が立たぬようだ」

——だとしたら、これは何が何でも、下手人をあげろということではないか——

「わたしは無実の者を罪にする、お手伝いはできません」

季蔵がきっぱりと言い切ると、

「見損なっては困る。何もわしは、そのような浅ましい調べをしろとは申しておらぬ」

烏谷も声を荒らげて、

「古田大膳が誤って死んだとして、一つ、腑に落ちぬことがある。財布がなかった」

「骸の財布が持ち去られるのは、珍しいことではありません」

「とはいえ、その財布に付いていた根付けと守り袋が、骸が見つかった翌日、番屋に届けられた。届けてきたのは、駄賃を握らされた盲目のあんま見習いだった。火事場泥棒のごとく、財布を奪っただけの者がこのようなことをするだろうか。財布の中の金子《きんす》は使い、根付けは骨董《こっとう》屋に売り、守り袋は捨てるか、気が咎めて、神社に納めてしまうのが、にわか盗人《ぬすっと》の常だろう」

「根付けと守り袋はその後？」

「小笠原家の者が引き取りにきた」

――たしかに亡くなった人から財布を奪う者に、ここまで細やかな配慮があるとは思えないが、切羽詰まって、奪ったのなら、良心の呵責《かしゃく》にたえかねて、ここまでのことをするかもしれない――

「まずは、財布を奪った奴を突き止めてはくれぬか」

「わかりました」

応えたものの、

――しかし、このような良心の持ち主が、金のために人を殺《あや》めるとは信じがたい――

「そちは火事場泥棒のような奴に、亡くなった者の家族を想う心がないと思っておるな」

「はい」

「そして、家族を思う心があるのなら、人は殺めぬとも思っておる」

烏谷は季蔵の胸中を見通していた。

「おっしゃる通りでございます」

「だが、それは違う。殺めてまで金を奪ったのが家族のためだったら、相手の家族のことも思いやるに違いない。わしはこの一件、十中八九、下手人がいると睨《にら》んでいる。小笠原家に屈して言うのではないぞ。この下手人は断じて、ごろつきなどではない。こちらが縄を掛けるのが残念なほど、思い遣《や》り深い御仁であってもおかしくない。とはいえ、罪人とあれば、どのような心がけの者であっても裁くのが、われらのお役目だ。忘れてはならぬ」

季蔵は応える代わりに深々と頭を下げた。

季蔵が店に戻ると、暖簾がしまわれて、さと香が訪れていた。

「今日あたり、おいでになるのではないかと思っていました」

季蔵はまずは、試作した空豆の生姜和えと共仕立て三吉椀を勧めた。

「あたしの今日の着物にぴったり」

床几から立ち上がったさと香は、若竹色の地に白い刺繍《ししゅう》の鶴が飛んでいる着物姿で、くるりと回ってみせた。

「さと香ちゃんの着てるもの、いつ見ても豪勢ねえ」

おき玖が見惚れた。

――よほど裕福な旦那がついているのだろうけれど――

このまま芸者を続けていて、果たして、堅気《かたぎ》になれるものだろうかと、他人《ひと》ごとながらおき玖には案じられた。

芸者に血道をあげる旦那衆は、毎日のように座敷に呼ぶための、金に糸目をつけないが、その金は、ほとんどが置屋に入る。当人たちは、色香や売れっ妓《こ》の体面を保つために、四季の流行に合わせて、新しい着物を誂《あつら》え続けなければならない。それゆえ、置屋への借金は、なかなか減るものではないのだと、おき玖は裏事情を聞いたことがあった。

――好きな相手がいるんなら、是非、この稼業から足を洗ってほしいものだわ――

おき玖は危うすぎるさと香にはらはらしていた。

「残り物で出来そうなので、献立の一つを――」

季蔵は残ったご飯に塩茹での空豆と、ちぎった梅干しを入れてにぎり飯にした。

「お父上に届けるものは、梅干しを塩茹での小海老に代えようかとも思っています」

「この方がいい」

さと香は二つ目の空豆と梅干しのにぎり飯をほおばりつつ、

「でも、海老は父上好きだし、空豆の緑と海老の赤、綺麗よね」

「ならば、両方、お作りしましょう」

季蔵は献立の紙を取り出して書き加えた。

「季蔵さんって、几帳面《きちょうめん》なのね」

さと香がとろりとほろ酔いの目を向けた。

――これはちょっと――

おき玖はさと香から、玉助という相手がいると聞いていても、安心しているわけではない。

――何しろ、さと香ちゃん、甘え上手だから――

「何か、あたし、今日は楽しく飲みたい気分なのよ」

さと香は上機嫌で盃を干した。

「風の便りだけど、すごーく、いい話聞いたのよ。いい話っていうより、おめでたい話かな。相長屋の母一人子一人のおたみちゃん、近く、祝言《しゅうげん》を挙げるんだって。おたみちゃんはあたしの一つお姉さん。相手はこつこつ働いてきて、やっと、一人前になった大工の八《や》十吉《そきち》さん。おっかさんが寂しくないように、近くに住むんだって。ね、いい話でしょ？でも、あたし、この話、おたみちゃんからじかに聞きたかったな。祝言にだって駆けつけたい。だって、子どもの頃、毎日のように遊んだ友達だもの。でも、おたみちゃん、報せてはくれなかった。あたしがこんな稼業のせい？　それほど、この稼業って、人に嫌がられるの？　どう、思う？　季蔵さん」

さと香の声がむせび泣いた。

――そして、人一倍、傷つきやすいんだわ。季蔵さん、思い詰めているさと香ちゃんに、いったい、どう応えるの？――

「おたみさんが、あなたに報せなかったのは、仕方がないと思います。おたみさんが八十吉さんと歩こうとしている道と、あなたが飛び込んでしまった所は、あまりに違いすぎるからです。近づけば、おそらく、ぶつかって火花が散るでしょう。おたみさんはあなたの贅沢な暮らしぶりに、あなたは添い遂げる相手を見つけたおたみさんに、平静ではいられなくなるはずです。おたみさんはそれがわかっているのですよ。人はそれぞれ、脇目をふらずに、自分の運命を生き抜いていくほかはないのです」

季蔵は珍しく長く話した。

六

「世の中には、さと香ちゃんのまっすぐな気持ちだけじゃ、どうにもなんないこともあるのよ」

おき玖は諭《さと》すように言った。

「そうなんだ。人が生きていくって、こんなに切ないんだね」

さと香はしょんぼりと頷いた。

「元気を出して。お酒はもう止《よ》して、甘いものでも摘《つま》まない？」

「あたし、今、自棄気味で金鍔《きんつば》を食べてみたくなってる」

「駄目よ、そんな風に思い詰めちゃ――。ちょっと待っててね」

おき玖は、離れから蓋のついた朱塗りの菓子鉢を抱え持ってきた。

「はい。これは、さと香ちゃんもおとっつぁんも一緒に、食べられる空豆のお菓子」

「開けていいんですか？」

「もちろん」

蓋が取られた。

重ねて盛られている緑色の空豆が、真っ白な衣を被《かぶ》っている。

「砂糖漬けの一種ですね」

季蔵が菓子鉢を覗《のぞ》き込んだ。

「食べてみてちょうだい」

さと香に続いて、季蔵は砂糖漬けの空豆を口にした。

「わ、生姜のいい香り」

「酒の肴にもなりそうだ」

「どうやって作るの？」

にっこりしたさと香の目が輝いた。

「あら、泣きかけてたカラスがもう笑ったわ」

「すみません」

「いいのよ。それがさと香ちゃんのいいとこなんだから」

「作り方を是非、知りたいです」

「それじゃ、今、やってみるわね」

おき玖は襷《たすき》をかけた。

「いきなりで、材料とか揃《そろ》うんですか？」

「必要なのは、茹で空豆と砂糖、生姜だけだもの、大丈夫よ」

「あたしも手伝いたい」

「でも、その着物のままじゃあ――」

おき玖がさと香のきらびやかな着物に目を向けると、さと香も残念そうに着物に目を落としたが、いきなり、裾《すそ》をたくし上げると、帯に挟んだ。腰巻が丸見えである。

「まあ、そんな、やめなさい。あたしのでよかったら、貸してあげるから、早く裾を下ろしなさいよ」

「いいんですか」

「もちろん。手伝ってくれるんでしょ」

さと香はおき玖の着物に着替え、前垂《まえだ》れをつけ、襷をかけた。

「たまには、季蔵さん、休んでて」

おき玖が茶を淹れてくれたので、季蔵はぎこちなく床几に腰掛けた。

「あたしのこと、三吉ちゃんの代わりだと思って使ってください」

さと香が張り切ると、

「思えるもんですか。三吉ちゃんは、あなたなんかより、ずっと役立つもの――」

おき玖は笑って、結構、きつめの言葉を吐いた。

「それじゃ、あたし、何をしたら――」

おどおどと聞いてくるさと香に、

「そこにある生姜を全部すりおろしてちょうだい」

「ええっ、こんなに沢山？」

「使うのは絞り汁だから、そのくらいは、おろさないと足りないのよ」

「すりおろしたのをそのまま使っちゃ、いけないのかしら？　すり滓《かす》があるせい？」

「あたしも子どもの頃、そのこと、おとっつぁんに聞いてみたのよ。おとっつぁん、すり滓の残ってる、生姜の味も悪くないけど、それでは出しゃばりが過ぎるんで、合わせる相手の味まで、生姜の味にしちまうんだって言ったわ。すり生姜は素人《しろうと》の味、生姜の絞り汁は料理人の味なんだって。さあ、話はこのぐらいにして、後は手を動かして、顔はあたしの方を見て――」

おき玖は鍋に水と砂糖を同量入れて煮溶かすと、火を止めて、粗熱《あらねつ》をとった後、井戸端で充分に冷やして戻ってきた。

この中に茹で空豆を沈めていき、さと香が真剣な面持ちですりおろした生姜の絞り汁が加えられる。

「これで、一晩置かなきゃいけないから、ここから先は明日のお楽しみ」

「すぐ、できるわけじゃないんですね」

「食べるのは、あっという間だけどね」

「あたし、明日も必ず来ます」

翌日の夜、

「こんばんはー。空豆、空豆の砂糖漬けの続き」

木綿《もめん》の着物持参で慌ただしく店に入ってきたさと香は、素早く着替えると、おき玖から渡された襷を掛けた。

「まずは、また生姜をすりおろして」

「はい」

さと香が生姜をすりおろす手つきは、昨日よりはいくぶん慣れてきている。これが終わると、

「今日は肝心なところよ。まずは、鍋に水と砂糖を煮溶かすの。今度は水一に砂糖二の割合。これが砂糖漬けの下地」

さと香は言われた通りに濃い砂糖汁を作った。

「わかった、これに昨日の生姜漬けした空豆を入れるんでしょ」

「すぐには入れないのよ。ざっと冷ましてから、昨日、あたしがやったみたいに、井戸端

で冷やしてきてちょうだい」

さと香は言われた通りにした。

「あとは、ここに昨日生姜漬けした空豆を移して、さらに、さっきすりおろした生姜の汁を入れてちょうだい」

「ああ、やっと出来上がりですね」

さと香はふーっとうれしいため息をついたものの、

「あ、でも、空豆が真っ白な砂糖を被ってない」

首をかしげた。

「すぐには砂糖と絡ませないものなのよ。一日おいて、空豆を一粒ずつ目笊に上げて、よくよく、汁を切った後、砂糖を振りかけて、涼しいところで七日ほど寝かすと、ほら、こんなふうに――」

おき玖は昨日、さと香に勧めた菓子鉢の蓋を取って見せた。

「これって、こんなに手間のかかったものだったんですね」

さと香は、じっと新緑を想わせる空豆と、雪の白さの砂糖に見入っている。

「何だか、食べるのが申しわけなくなっちゃった」

「そんなことないわ、食べ物は食べられてこそだもの――」

おき玖はぽいと一つ、自分の口に放り込むと、さと香の掌に三つばかり、空豆の砂糖漬けを載せてやった。

「わたしもいただきます」

季蔵も手を伸ばした。

「さて、あと、七日以上かかる、この作りかけの砂糖漬けだけど、仕上げまで、さと香ちゃんがやってみない？」

おき玖はさと香の目を見た。

「わたしでできるかな」

「大丈夫よ、あたしがついてるから。とりあえずは、明日は笊で汁切り、その後は様子を見に来るだけだけど――」

「やらせていただきます」

さと香は知らずと背筋をぴんと伸ばしていた。

「そうと決まったら、さと香ちゃんにこのお菓子の名をつけてもらいたいわ」

「空豆の砂糖漬けじゃ、ないんですか？」

「それじゃ、味も素っ気もないわ」

「おき玖さんだったら、何てつけますか？」

「砂糖を雪に見立てて、新芽が吹く様子かなって思って、雪見豆なんてのはどうかなって思ったんだけど、雪と空豆の出回る時季とはほど遠いんで、引っ込めるしかないでしょ」

「端午の節句は、男の子が病気をしないで、元気に育つようにっていう思いが込められてますから、砂糖をおじいさんの白い髭《ひげ》に見立てたらどうかしら？　長生きのおじいさんにあやかって、〝翁空豆〟と書いて、〝おきなまめ〟と読むのは？」

「なるほど」

おき玖はにっこり笑い、

「いいですね」

季蔵は笑顔を向けた。

帰って行くさと香を見送った季蔵は、

「お嬢さんはよほど、さと香ちゃんのことが気にかかっているのですね」

「さと香ちゃんのお父さんの気持ちを思うと痛くてね。あたしがさと香ちゃんの身の上だったら、おとっつぁん、世間知らずの娘をよくも証文一つで騙してくれたなって、置屋に談判に行きかねないところだもの。とにかく、あの娘、馬鹿がつくほど気性がまっすぐで、それだけに、鬼も蛇もいる世間に呑まれちまうんじゃないかって、危なっかしくて見ていられないのよ」

「たやすそうに見えて、手間も時もかかる、翁空豆を手伝わせたのには理由《わけ》があるのでは？」

「あの娘がああなったのは、想う相手あってのことでしょう？　今は、いつか結ばれる日を夢に見て、若さで乗り切ってるけど、せちがらい日々の暮らしは夢のようにはいかない。気持ちだけじゃ、ご飯は食べられないもの。だから、あたし、ちょっと摘むだけのお菓子一つでも、こんなに大変なんだって教えて、あの娘に地に足をつけてほしかったのよ」

「そのためには、一日も早く、さと香さんがお父上と和解することです。わたしにも、今の稼業が、さと香さんにはふさわしくないように思えますので」

「それには、空豆尽くしを仕上げないと。それから、父娘の仲が元に戻るよう、願をかけて、空豆尽くし改め、おやこ豆尽くしっていうのはどうかしら？」

季蔵は頷き、二人はしばらくの間、さと香が帰って行った夜の闇の彼方《かなた》に、案じるまなざしを投げ続けた。

七

翌日、仕込み済みの壺《つぼ》の翁空豆を見つけた三吉は、がっくりと肩を落として、

「こんな凄いもんを作られちゃ、おいらの出る幕なんてないや」

拗《す》ねた。

「今日あたり、武藤さんのところへ、空豆菓子二種をお届けしようと思っていたところだ。おまえも早く作れ」

季蔵に促されると、

「でも、もう、勝負は決まってる」

ぷっと河豚《ふぐ》のように頬《ほお》を膨らませた。

「今回は勝負にはしないし、そもそも、食べ物は好みだ。誰にとっても、これが一番などというものはない」

季蔵はややいかめしい物言いで諭した。

「それじゃ、おいら、これ作ったお嬢さんに一つだけ訊きたい――」

三吉はおき玖を見つめた。

「いいわよ、どうぞ」

おき玖は微笑んだ。

「どうして、こんな菓子を思いつくことができたのか、不思議でなんねえ」

「そりゃあ、まあ、料理人の娘の役得で、おとっつぁんの遺した日記から――」

おき玖はくるくると上目遣いに黒目を回した。

「やっぱり」

悔しそうに唇を噛む三吉を尻目に、

――とっつぁんの空豆料理は塩茹でだけだったはずだが――

季蔵が首をかしげると、

「有り難く頂戴《ちょうだい》して、作ったって言いたいところだけど違うのよ。これ、あたしが一人で考えたの」

おき玖はさらりと言ってのけた。

「お嬢さんとおいらじゃ、ここの出来が違うもんな」

三吉はごつんと一つ、固めた拳を自分の頭に食らわせた。

「きっかけは松葉飴」

──ほう──

季蔵は俄然《がぜん》、その先が聞きたくなった。

「松葉飴なら、おいらもおっとうやおっかあの分までもらったっけ。すーすーしゅわしゅわしてて、松の匂いがつんと来て、美味かったっていうよりも、珍しさに度肝を抜かれた」

「あれはね、今頃みたいに、晴れが続く時季ならではのもの。そこで、松葉飴みたいに時季を選ぶお菓子、空豆を使って、ほかにできないものかって考えたのよ」

「松葉飴で雨や曇り空を避けたように、梅雨の湿気を避けたのですね」

季蔵が言い当て、

「湿気が多いと、空豆をくるむ砂糖が流れてしまい、雪みたいにさくさくと綺麗に、まぶしつかないような気がしたのよ。お菓子は見かけも味のうちでしょ。だから、翁空豆は今頃しか出来ないお菓子だろうって、確信して作ったの」

おき玖は翁空豆誕生に至る話をした。

「お嬢さんはきっと、寝ても醒めても、どうやって、綺麗で美味い空豆菓子を作るかって、考えてたんだよね」

念を押した三吉はため息をついて、

「日々、小豆餡がどっさり詰まった、どでかい饅頭《まんじゅう》の夢ばかし見てる、おいらには、とても真似《まね》ができねえ。おいら恥ずかしいや」

うなだれた。

「饅頭の夢からでも菓子は作れる。わたしはおまえの菓子が食べたい。作ってくれ」

「あたしも、小豆餡は大好きよ。空豆や小豆、砂糖も買い置いてあるわ」

二人に励まされた三吉は、

「おいらのはどうってことのない、空豆の茶巾《ちゃきん》絞り——」

小声で告げると、早速、さやから出した空豆を柔らか目に塩茹でにして、笊に上げて裏漉しし、砂糖を加えて、湯せんして練り上げていく。

「おいら、馬鹿の一つ覚えみてえに練り切りに似たもんを、ついつい拵えちまうんだ」

三吉の得意は、白インゲン豆を主にして、桜や菊の花等、四季折々の風物を形づくる、練り切りであった。

小豆を煮て砂糖と合わせ、やはり、裏漉しにかけるこし餡はおき玖が手伝った。

「こし餡を丸め、布巾に広げた空豆の練り切り風で包んで、茶巾に絞るだけ」

三吉はひっそりと呟く。

「空豆の練り切り風とこし餡か——」

季蔵はそれぞれを箸で摘んで味わった後、

「お嬢さんもどうか——」

おき玖にも試してもらった。

「やっぱ、駄目なんだ」

三吉が手を止めた。

「こし餡が空豆に負けてる」

季蔵は言い切った。

「空豆はもともとクセのある匂いだものね。何か薬味をこし餡に加えれば、何とか、折り合いがつくかも」

「そうは言ったって」

三吉はうつむいた。

「試してみましょうよ。ええっと、うちにある薬味は、一味唐辛子、胡椒《こしょう》、胡麻《ごま》、粉山椒《こさんしょう》――。このうち、お菓子にふさわしいとなると、胡麻団子でも使うのが胡麻。胡麻をすって、こし餡に足してみたらどうかしら?」

おき玖は早速、すり鉢とすりこぎを手にした。

すると、突然、

「胡麻も悪くないと思うけど、こっちの方が、際立って匂いが立つと思うんだけど」

三吉が片袖から紙包みを取り出して広げた。

「あら、松の実」

「さっき、雑穀屋でおまけに貰って忘れてた」

「よし、それを使おう」

季蔵が指図して、三吉は松の実を炒《い》って、すり潰し、こし餡に加えた。

こうして出来上がった、三吉の空豆茶巾絞りに、

「空豆のクセ、全然、気にならないわ。コクがあるのに後口がさわやか」

おき玖は歓声を上げて、

「空豆のお菓子二種が出来たのだから、約束した通り、武藤さんのとこまでお届けしましょう」

すでに作り置いてある、翁空豆の菓子鉢を取りに二階に上がった。

そして、

「翁空豆は達者の印だものね。どうか、翁空豆様、邦恵《くにえ》さんに元気な赤ちゃんを授けてあげてください」

祈るように呟きながら、三吉と並んで、それぞれの菓子を重箱に詰めた。

終わると、三吉が武藤の住まう太郎兵衛長屋へと出かけた。

「わたしも少し出かけてきます」

季蔵はおき玖に、新石町《しんこくちょう》にある良効堂《りょうこうどう》に、頼み事をしてくると言い置いて店を出た。

武藤が教えてくれた、空豆のお造りと焼き物のうち、お造りにはどうしても、もぎたてが必要だった。

老舗中の老舗である良効堂は、ただ、薬を商っているだけではなく、多種多様な薬草や青物が植えられている、広大な薬草園、菜園を所有している。

先代長次郎は良効堂の主佐右衛門《さえもん》と親しくしていて、その縁が季蔵に引き継がれていた。

季蔵は、すでに、空豆を分けてもらえるよう、佐右衛門に頼んであった。空豆によく実が入るようになったら、報せてもらう手はずになっている。

だから、良効堂に出向いて頼み事をするというのは、おき玖への方便であった。

季蔵は新石町ではなく、小笠原家の家臣、古田大膳が死んでいたという新材木町を目指して、早足で歩いている。

裏手に山吹が咲き乱れているという、甚兵衛長屋の木戸門前に立った。

――まずは、ここに住んでいる人の話を聞いてみよう――

季蔵が佇《たたず》んでいると、薬袋と薬瓶を手にした、十歳ほどの少年が木戸門を潜った。

「人を訪ねてここへ来た。その人の家を教えてほしい」

咄嗟《とっさ》にその言葉が出たのは、甚兵衛長屋には、さと香の父が住んでいると聞いていたからである。

振り返った少年は、

「その人って誰？　何の用？」

訝しげに季蔵を見つめた。

「手習いの師匠をしていると娘さんから聞いている。わたしは料理人で、娘さんからお父さんに料理を届けるよう頼まれているのだ。今日のところは、どんなものがいいか、好みを聞きにきた」

「なら、萩谷《はぎや》正文《せいぶん》先生だね」

「娘さんの名は哲美さん」

「さと香っていう名の芸者になったってえ、綺麗な姉ちゃんだ」

少年はにこっと笑って、

「でも、今時分は、先生いないよ。おいらたちが帰った後、先生はいつも、熱心に書物を読んでて、帰るのは夜遅くだもん。姉ちゃんが出てく前は、夕方の飯時に、道で出遭った魚屋から、その日の余りもん、買ってぶらさげて帰ってきたりしてたけど――」

幸いにも少年は話し好きであった。

「ところで、ここを突っ切った裏手で、お侍が死んでいたと聞いたが――」

季蔵は切り出してみた。

すると、打って変わって、相手の顔が強《こわ》ばって、

「その話はできねえ。誰にもしちゃあ、いけねえんだ。そいじゃ、おいら、急ぐから」

薬袋と薬瓶をかざすようにして自分の住まいに飛び込んだ。

第三話　夏うどん

一

――これは何かある――

季蔵《としぞう》は少年の後を追った。

「祖母《ばあ》ちゃん、ただ今」

棟割《むねわ》り長屋の油障子が開けられた。

「おう」

「あっ」

少年は仰天した。

――無理もないな――

ぬっと出てきた顔は松次《まつじ》のものだった。

三角に見開かれた金壺眼《かなつぼまなこ》が怒《いか》っている。

季蔵はあわてて、近くの銀杏《いちょう》の後ろに隠れた。

──再度、詮議《せんぎ》を命じられたとあって、おそらく、親分は気が立っているはずだ──

続いて、大家と思われる、わりに身なりの調った老爺《ろうや》が現れて、

「伍助《ごすけ》、すまねえ、おまえの気持ちはわかってるつもりだが、もう、隠し通せねえ」

渋面を向けた。

「何の話だか、おいらはちんぷんかんぷん──」

伍助は白《しら》を切るつもりのようである。

「おめえが、侍殺しを見たってえガキか？」

松次は鋭く伍助を睨《にら》み据えた。

「与太者まがいだって評判の三一《さんぴん》侍が、酔っぱらった挙げ句、石に頭をぶつけて野たれ死んだはずだぜ。お上の目は節穴だったのかい」

伍助は蒼白な顔で精一杯言い返した。

「死んだ理由を、丹念に見直せというのが、お上のご意向だ。こいつに逆らうことは誰もできねえんだぞ」

松次は十手を突き出した。

「ふーん」

伍助の草履は足下《あしもと》の土を蹴《け》ったが、

「いいな、伍助、御詮議に正直にお答えするんだ。おまえだって、病気の祖母ちゃんまでお縄になるのはたまらないだろう？」

大家の老爺が諭し、

「これをさっき、大家から預かった。さあ、話してもらおうか」

松次は懐《ふところ》から、縞木綿《しまもめん》の着物の片袖《そで》を出して見せた。

一瞬、伍助の表情が凍りつく。

「わかったよ」

観念した様子で、

「三一侍の骸《むくろ》を最初に見つけたのは、祖母ちゃんの好きな山吹の花を、あそこに摘みに行ったおいらなんだ。それ、死んでた三一侍が左手に握ってた」

——ということは、これは誤って死んだのではないな——

「この着物の柄に心当たりはねえかい？　これさえなけりゃ、あの侍は誤って死んだってことになるんだろうが、もう、そうはいかねえんだ」

片袖を手にした松次は、伍助と大家を交互に見据えた。

——あれが古田大膳《ふるただいぜん》が手にしていたものなのか？——

古田が千切り取ったはずの片袖には、かぎざきや裂けはなく、身頃と縫い合わせる前のすんなりした姿である。

「隠し立ては許さねえぞ」

松次の威嚇に、

「この長屋に住む、手習いの師匠萩谷正文《はぎやせいぶん》先生が着ていたもんです」

大家は顔を上げてきっぱりと言い切って、

「先生は何日か前、突然、世話になったここのみんなに、生き形見を分けたいと言い出して、金子《きんす》を分けてくれました。おかげで、伍助は長患《ながわずら》いの祖母ちゃんのために、チョウセンニンジンが買えたんで」

と続け、伍助は薬袋と薬瓶を手にしたまま、今にも泣き出しそうな顔でこくりと頷《うなず》いた。

――たしか、古田大膳は財布を盗まれていた――

「松次親分ではありませんか」

ここで季蔵は銀杏の木の陰から顔を出し、声を掛けた。

「あんたか――」

松次は渋い顔で受けて、

「話は聞かれたようだな」

「偶然でしたが――」

「こんなところに何の用だい？」

松次はぎょろりと目を剝《む》いた。

「松次親分も会ったことのあるさと香《か》さんに頼まれて、お父さんの萩谷先生にお目にかかりにまいりましたが、お留守でした」

「へえ、萩谷正文があの別嬪《べっぴん》さんのとっつぁんだったとはねえ」

松次は何とも複雑な表情になったが、すぐに、

「こうしちゃあ、いられねえ。手習所にいるってえ、萩谷をお縄にしねえとな」

通りへと走って行った。

この後、季蔵は、見事な山吹の花で埋め尽くされている、裏手の空き地に立った。骸が見つかってから、何日も過ぎているせいで、幾つもある足跡は、すでにもう、何の手掛かりにもならない。

ただし、古田が頭をぶつけたと思われる大きな石には、まだ、血糊《ちのり》がべったりと付いている。

——このままでは、さと香さんのお父上が下手人にされてしまうが、何とも、気になるのは、千切り取られていたあの袖だ——

季蔵は伍助のところに寄って、萩谷の住まいを聞いた。奥まった一隅が萩谷正文の住まいだった。

チョウセンニンジンを煎《せん》じて、祖母に飲ませ終えた伍助が後についてきた。

「おいら、祖母ちゃんが病で倒れてから、ずっと物売りの手伝いで凌《しの》いでる。だから、手習所には行けなかったが、一通り読み書き算盤《そろばん》はできる。手習所から帰ってきた先生が、〝長じて、読み書き算盤ができぬと、損をするぞ〟って言って、おいらは嫌々だったけど、親切に教えてくれたからなんだ。縞木綿の柄なんて、みんな似たようなもんだから、両袖のついた着物が先生んとこにあれば、めでたし、めでたし。おいらの早とちりってことになるかもしんねえよね」

伍助は自分の見間違いであるよう願っている。

季蔵と伍助は、破れた痕《あと》がきちんと繕《つくろ》われている油障子の前に立った。

「几帳面《きちようめん》な先生は、どんな戸口でもおろそかにしちゃあいけねえって。〝穴が開いてると、金も運も逃げるぞ〟って言うんだけど、油障子は雨や風ですぐに穴が開いちまうから、こればっかしはおいらも真似《まね》できねえよ」

油障子を開けて、中へと入る。

竈《かまど》のある土間と座敷は一分の隙《すき》もなく、きちんと片付けられている。

——これは——

畳の上に、片袖のない縞木綿の着物が広げられていた。

「ああ」

伍助はため息をついてうなだれた。

「こんなことって——」

——これではまるで、自分が古田大膳殺しの下手人だと、示しているようなものではないか——

季蔵は屈《かが》み込んで、左の身頃の片袖の外れている箇所に目を凝らした。

浅く続いている針の痕をぬって、ぷつぷつと千切れた木綿の糸くずが付いている。縞木綿の生地は、松次の手にある片袖同様、どこも傷《いた》んでいなかった。

念のため右袖も調べた。

かなり強く右袖を引っ張ってみたが、しっかりと身頃に縫い込まれていて、糸目が外れる様子はなかった。

「こんな具合に引き千切るなんて、だらしなく生きていたあの三一侍も、案外、几帳面だったんだな」

呟《つぶや》いた伍助に季蔵は、はっと気がついて、土間に下りると、

「喧嘩《けんか》相手だと思って、俺に向かってきてくれ」

「何だよ、いきなり」

「これで、先生は下手人ではないとわかるかもしれない」

「わかったよ」

二人は組み合って、しばし、押し合いへし合った。

「あの古田さえ、おたみちゃん目当てに、ここいらをうろうろしてなきゃあ――。おいら、あんたが古田に見えてきて、だんだん本気になってきちまった」

季蔵は、息を切らして拳《こぶし》を上げた伍助に、

「さあ、今度は、この袖を摑《つか》んで千切るんだ」

左袖をすいと前に出した。

伍助が無言で季蔵の左袖に力を込めた。布の破ける音がして、伍助は季蔵の左袖の半分を手にしていた。

「あれっ？」

伍助はかぎざきに裂けた左袖を見つめて、

「おいらが見つけた袖とは破れ方が違う」

首をかしげた。

「萩谷先生が下手人だとする。左袖は揉《も》み合った末に、古田が引き千切ったものということになるが、今、試してみた通り、これでは、あのように、綺麗に身頃から外れることなどありはしない。身頃に縫い付けた糸が弱って、綻《ほころ》びかけていた様子もなかった。あれは、先生が自分で、左袖と身頃の縫い糸を切って外し、古田の手に握らせたものだ」

季蔵は言い切った。

「で、でも、どうして先生がそんなことを？」

「真の下手人を庇《かば》って、罪を被《かぶ》る気でいるのだ」

「真の下手人って、いったい――」

「さっき、おまえが言ったおたみさんについて聞かせてほしい」

二

季蔵が店に戻ると、

「おやこ豆尽くし、さと香ちゃんのために、早くしなきゃって思ったのよ。空豆の時季はそう長くないし――」

おき玖がまだ、試作していない、空豆と小海老《こえび》の落とし揚げと、卵とじの材料を揃《そろ》えて待っていた。

「そうでしたね」

季蔵はさと香の父親萩谷正文に、古田大膳殺しの嫌疑がかかっていることは告げなかった。

――松次親分もいずれは、片袖のない縞木綿を見つけるはずだ。そうなると、萩谷先生は――

古田が握っていた片袖と、萩谷の長屋の座敷に広げられていた左袖のない着物が、確たる証《あかし》になって、萩谷が捕縛されることは明らかだった。

季蔵は空豆と小海老の落とし揚げの仕込みを始めた。

――どんなにか、さと香さんが悲しむことか――

空豆の身が入った鉢に、千切《せんぎ》りにした大葉、皮を剝いて背わたを取った小海老、崩した木綿豆腐、卵を加えたところで、

「あら、季蔵さん、小麦粉を使うの？」

片栗粉にではなく、小麦粉に手が伸びていた。

「うっかりしました」

さと香は小麦粉を受け付けない体質《たち》であった。

「うっかりするなんて、季蔵さんらしくない。何か心配なことでもあるの？」

「ありませんよ」

季蔵は脇の下に冷や汗を流しつつ、笑顔を作った。

「落とし揚げなら、からりと揚がる天麩羅《てんぷら》と違って、豆腐が片栗粉と混ざって、ふわりと衣が付くので、さと香さん親子に、美味《おい》しく食べてもらえると思っていたのに。つい」

――さと香さんに親身になっている、お嬢さんを案じさせることもない――

「なるほど。落とし揚げなら、月並みすぎる天麩羅より、ずっと目先が変わってる。さすが季蔵さん」

この後、たっぷりの菜種《なたね》油が入った深鍋が火に掛けられ、落とした少量のたねが、じゅん、じゅっと音を立てたところで、杓子《しゃくし》ですくった一口大のたねが揚げられていく。

「揚げ油は胡麻油じゃねえんだな」

三吉の呟きに、

「クセのある胡麻油では、淡泊な空豆と小海老、豆腐には向かない」

季蔵は応《こた》えて、

「あと一品の空豆の卵とじはおまえがやってみろ」

残っている空豆の塩茹《しおゆ》でに目を遣《や》った。

「いいのかな」

いそいそと三吉は中鍋を手にした。

「ただし、たかが卵とじと侮《あなど》るなよ」

季蔵の視線は、煎《い》り酒各種の上に落ちている。

梅干しだけを酒で煮だした梅風味の煎り酒が、先代長次郎《ちょうじろう》直伝で、これに鰹《かつお》を加えたのが、鰹風味、鰹を昆布《こんぶ》に代えると昆布風味、味醂《みりん》ともなると味醂風味で、この三種は季蔵が工夫したものであった。

「空豆だけ煮るんなら、梅風味だけど、これを卵でとじるとなると、鰹風味？　違うよね。鰹風味の煎り酒は玉子かけ飯って決まってるし――」

三吉は助けをもとめるように季蔵を見た。

季蔵は味醂風味の煎り酒を手にした。

「卵とじは、どれも、砂糖が欠かせないが、今回は味醂の甘みで切り抜けてみろ」

こうして二品が出来上がり、さあ、試食をという時になって、

「邪魔するよ」

戸口で松次の声が響いた。

定町廻り《じょうまちまわ》同心の田端宗太郎《たばたそうたろう》も続いて、のそりと入ってくる。

「あら、まあ、お揃いで。お役目、ご苦労様です」

おき玖はすぐに酒と甘酒の用意を始めた。

「じきに、暖簾《のれん》を出すんだけど――」

三吉が思わず、口走ると、

「そりゃあ、具合の悪い時に来ちまったな」

言葉とは裏腹に、松次は大きく剝いた目で三吉を睨んだ。

同心の田端と松次が塩梅屋《あんばいや》に立ち寄るのは、たいていが昼日中で、市中見回りの流れで戸口に立つことが多い。

季蔵は冷や酒と甘酒の入った湯呑《ゆの》みを手にしている、おき玖に目配せして、

「離れでゆっくりなさいませんか？」

丁重に誘った。

――萩谷先生がどうなったか、聞かなければ――

「旦那、どういたしやす？」

田端は黙って頷いた。

「それじゃ、そうしてもらおうか」

離れに移った二人は、まずは、律儀に長次郎の仏壇に線香を上げると、運ばれてきた酒《しゅ》肴《こう》の膳を前に箸《はし》を取った。

滅多にないことだが、田端はあまり酒が進まず、

「綺麗な色具合だ」

黙々と、緑と赤と白の落とし揚げを食べ続けて、時折、ほーっと大きなため息をついた。

松次の方は卵とじの味醂のあっさりした甘さが気に入って、

「今日みてえな、たまんねえ気分の時は、五臓六腑《ごぞうろっぷ》まで、活《い》きが悪くなっちまってる。この優しい甘さがうれしいよ。救いのねえ、真っ黒な穴に落ちちまったようだったが、しばし、菜の花畑で昼寝してるみてえな、いい気分だ」

「救いのない真っ黒な穴は、どこに開いていたのです？」

季蔵は一膝《ひとひざ》乗り出した。

「思い出したくねえ」

松次は残りの卵とじを搔《か》き込んで、

「いけねえか？」

上目遣いに季蔵を見た。

「どうしても、あの後のことが気がかりで――」

「我らは萩谷正文を捕縛した。罪名は小笠原《おがさわらの》能登守《とのかみ》様家臣、古田大膳殺しだ」

田端が告げた。

「萩谷先生は認めているのですか？」

「もちろんだ。萩谷は手習所の庭をすっかり、掃き清めて、門の前に立って、我らを待っていた。覚悟はできていたのだ。あいつは、長屋に行って確たる証を見てもらえばわかると言った。片袖のない着物は松次が見に行って、千切れていた袖と照らし合わせた。間違いない」

上から急《せ》かされていた一件を、解決したというのに、なぜか、田端は浮かぬ顔である。

「先生は殺した理由を何と？」

「手習所からの帰り道、あの空き地あたりで酔った古田が近づいてきて、しつこく絡んできたそうだ。しばらく堪えてはいたが、教授と学問への精進《しょうじん》が誇りだった萩谷は、〝手習いの師匠など、傘張り浪人に毛の生えたものだ〟という、古田の侮蔑三昧《ぶべつざんまい》に、いよいよ、たまらなくなったという。それで、一言、言い返してやろうとしたものの、気がついてみると、古田の襟首《えりくび》を摑み、喧嘩となって組み合い、力一杯、突き飛ばしたところ、大石に頭をぶつけて動かなくなった。後は残された証が示す通りだ。萩谷は盗んだ財布は使っていない水桶の中だと白状し、調べたところ、その通り、見つかった。当人は、仕官はしているものの、市中で札付《ふだつ》きの悪《わる》だった古田を死なせてしまったことや、悪のあぶく銭を長屋の者たちに分け与えて、使ったことに、何の呵責《かしやく》も覚えていないと言い切っている」

「萩谷はそれでいいだろうが、不憫《ふびん》なのはさと香ってえ娘だ」

松次が目を瞬《また》かせた時、酒と甘酒のお代わりを手にしているおき玖が、離れの戸口に立っていた。顔面蒼白である。

「ごめんなさい、つい、立ち聞きしちゃって。さと香ちゃんのおとっつぁん、この先、どうなるんです?」

おき玖は救いをもとめるような目を松次と、田端の両方に投げた。

しばし、重い沈黙が流れた後、

「人を殺めれば死罪と決まっておる」

田端は抑揚のない声で告げた。

「そんなことになったら、感じやすいあの娘は、どんなに荒れることか——」

「しかし、御定法である」

田端は言い切ったが、松次は目を伏せた。

商いを終え、三吉が暖簾を仕舞い、掛行灯《かけあんどん》の火を落とそうとした時、

「そろそろ来る頃ね」

このところ、さと香は素面《しらふ》で、毎晩、翁空豆《おきなまめ》の出来具合を見に立ち寄っている。

「こんばんはー」

酒の勢いで跳ね飛んださと香の声が響き渡った。

「あたしのねえ、父上ったら、なーんと、人殺しだったのよね、人殺し——、へへへ。でも、恰好《かっこう》いいんだよ、人殺し、ふふふ」

三

さと香は千鳥足でよろよろと入ってきた。

「さと香ちゃん」

おき玖は駆け寄り、

「いけませんね」

季蔵は湯吞みに冷たい水を、床几《しょうぎ》にすがりつくように座ったさと香に勧めた。

湯吞みの水を五杯ほど、立て続けに飲んで酔いが醒《さ》めかけたところで、

「だって、だって——」

さと香はわっと泣き伏せて、

「翁空豆もそのうち、出来ることだし、やみくもに父上の顔が見たくなって、踊りの稽古《けいこ》の帰りに長屋に寄ってみたら、近所の人たちがひそひそ話してて、あたしを見ると、さっと各々《おのおの》の家に引っこんじまったの。うろうろしてた伍助をつかまえて、聞いてみたら、どうやら、父上が手習所から直に、調べ番屋に連れて行かれたらしいって――」

「調べ番屋へはいらしたのですか？」

「飛んで行きたい気持ちだったけど、父上は、日頃から、たとえ、どんな仕事でも穴を開けたりしちゃいけないって、厳しく言ってたから、お座敷はちゃんと勤めようと思ったの。お座敷へ出るには、それなりの支度があるんで、番屋へ行ってては間に合わない。だから、お酒は飲み過ぎたけど、懸命にお仕事して、そして――」

「番屋でおとっつぁんと会えたんでしょう？」

おき玖に訊《き》かれると、さと香は首を横に振って、

「父上は会いたくないって言ってるからって、調べ番屋のお役人に追い返されました。本人が、古田大膳という名のお侍殺しを認めてるんで、入牢証文《じゆろう》はすぐ出るだろうから、明日には、牢送りになるそうです」

――牢送りか――

男女それぞれに分かれている、小伝馬町《こでんま》の牢では牢名主《なぬし》と呼ばれる仕切り屋がいて、新入りからは必ず賄賂《わいろ》を取る。

着物の衿に縫い込むなどして、銭を隠し持って入牢しない者は、罪人たちの間で酷い私刑が行われ、時に命を落とす者も少なくはなかった。

ちなみに牢名主ともなれば、牢役人も一目《いちもく》置く存在である。日常茶飯事の私刑は見逃されていた。

――さっき、離れで、松次親分が黙ってしまったのも無理はない。長屋に住む浪人で手習いの師匠の身では、金も身分もなく、ましてや高潔で知られる萩谷さんの気性ではツルなど思いつきもしないだろう――

「あたし、おかあさんに都合してもらったお金、ツルっていうんですってね、明日、牢に届けるつもりです」

ツルとは、新入りの罪人が牢名主に渡す賄賂である。

「あたしたちに手伝えることない？」

おき玖は訊いた。

「今はツルを渡しに行って、牢の中で、父上がどうにかされないようにするので、頭がいっぱいなの――。その後のことは――考えたくない」

「牢役人の頭《かしら》にも、相応のツルが要るのでは？」

季蔵の言葉に、

「まだ、お金が入り用なの？」

おき玖は憤然としたが、

「小伝馬の牢役人を束ねておられる、石出《いしで》帯刀《たてわき》様というお方を、お奉行様にお供した、八《や》百良《おりょう》で見かけたことがあります」

「名だたる八百良に出入りするくらいなら、たいした食通で、きっと、珍しい料理好きだわ」

「いっそ、試作が済んだところのおやこ豆尽くしを、お届けしてはと思うのですが——」

「いいわね、それなら、さと香ちゃんがもう、お金の工面をすることもないし」

「空豆のお造りだけ、明日、一番に良効堂さんに出向いて、間に合わせるとして、幸い、今日も、空豆はたっぷり買い置いてあります。焼き物にする分だけ残して、後は塩茹でにし、夜明けまでに作り上げてしまいましょう」

「わかったわ」

おき玖は素早く襷《たすき》を掛けた。

「あたしも——」

さと香はおき玖に借りた木綿の着物に着替え、おき玖に倣《なら》った。

こうして、明け方までに、お造り以外の料理が仕上がった。

「翁空豆はまだ出来てないから、松の実ももとめておいたことだし、三吉ちゃんの空豆の茶巾絞りにしたわ」

空豆菓子は一種類になってしまうと、おき玖が残念そうに告げた。

季蔵は鳥谷に向けて、この旨《むね》を文にしたためた。夜が明けたら、使いの者に託すつもりでいる。

重箱一つに、手軽に納めるつもりのおやこ豆尽くしだったが、目的が変わったので、離れの納戸で探し当てた、菖蒲《しょうぶ》の絵模様のある提げ重二箱に、ゆったりと盛りつけるように詰め、三吉がきたら、二人して届けることにした。

——その前までに、お奉行の石出様へのお取りなしがないと——

「あたし、父上のやったこと、悪いとは思ってない」

さと香は言い切った。

「古田大膳ってほんとに嫌な奴だったもの。誰かれかまわずに言い寄るのよ。女の子たちはみーんな虫酸《むしず》が走るって言ってた。あたしにも素人だった時はしつこかったけど、芸者になってからは、〝遊んでほしけりゃ、お座敷に呼んでよ〟って言ってやったら、さすがに、もう、声掛けてこなくなった。そうそう、近く、祝言《しゅうげん》を挙げるおたみちゃんにも、つきまとってたわ」

——その話は伍助にも聞いた——

「おたみさんはあなたのような気性ではない——」

「そうね。おたみちゃん、子どもの頃から、とっても、恐がりなのよ。古田みたいな奴は、自分が怖がらせることのできる相手に鼻がきくのよ。おたみちゃんだけじゃない、弱い子どもやお年寄りなんかにも、〝わしの大事な刀の鞘《さや》に触れた、無礼者〟なんて言って、ねちねち絡んで、銭をせびってたし、もう最低。扶持《ふち》は雀《すずめ》の涙ほどだって聞いてるから、財布に入ってたのは、日頃、人を苦しめて貯めた小銭でしょ。父上はそれを必要だと思う人に分けただけだわ」

――勉学を通して、子どもたちを導くことを生業《なりわい》としていた人が、果たして、盗みを正当化するものだろうか？――

季蔵はずっと疑問に思っている。

夜が白みはじめ、明け六ツの鐘が鳴り終えた頃、

「誰かいるかい？」

戸口で松次の声がした。

「親分、こんなに早く――」

おき玖が出迎える。

「珍しいですね、夜っぴいての張り込みかしら？」

茶の用意をしたおき玖は、おやこ豆尽くしを仕上げた余りの、空豆と梅干しの握り飯を添えて出した。

「腹はたいして空《す》いちゃ、いねえんだがな」

松次の顔は疲れきっていて、急に五つも六つも老け込んだように見える。

手と口だけは黙々と動いて、たちまち、五個の握り飯を平らげ、茶を三杯お代わりした。

「甘酒はいかがです？」

「そいつはいいや」

松次はずっと目を伏せている。

「何かありましたか？」

季蔵はさりげなく訊いた。

「さっき調べ番屋で萩谷正文が死んだ」

「今、何と言ったの？」

さと香が松次の前に立って、

「あたしの聞き違いよね」

「いいや」

松次は首をゆっくりと横に振ると、

「あんたのおとっつぁんで、古田大膳殺しの下手人萩谷正文が、早朝、夜の明けきらないうちに、頭が痛いと訴えた。急いで、医者を呼んだが間に合わず、倒れたまま、気が戻らなくなって死んだ。やっと駆けつけた医者は、卒中による急死だと診立《みた》てた」

知らずと頭《こうべ》を垂れていた。

「嘘《うそ》」

さと香は松次の襟首を摑んで、

「いい加減なこと言わないで」

「嘘じゃない」

言い返した松次は、

「後で葭町《よしちょう》の置屋へ行って、あんたにおとっつぁんのことを報《しら》せるつもりだった。こんなところで、遭えるとは思ってもみなかったが、これも何かの縁だろう。今、すぐ、調べ番屋へ連れて行ってやる。思う存分、おとっつぁんと別れを惜しみな」

目を瞬かせた。

「嘘、嘘、嘘」

さと香は、両の拳を固めて松次の胸を叩き続けた。

さと香の拳が止まったところで、松次はさと香を促して番屋へと向かった。

この夜、萩谷正文の通夜《つや》が長屋で行われることになった。

烏谷への文と石出帯刀への届け物は不要となった。

「おやこ豆尽くし、通夜振る舞いにできないかしら? 父上との思い出がこもってる、せっかくの空豆尽くしだから――」

落ち着きを取り戻したさと香が言い出して、

「それでは、青物とはいえ、空豆のお造りは止《や》め、落とし揚げから小海老の赤を抜いて、揚げ直しましょう」

季蔵は菜種油の入った鍋を火にかけた。

四

季蔵はおき玖と共に通夜の席に座った。

読経《どきよう》と焼香が終わったところで、

「おとっつぁんが死んだ時のことを思い出したわ。気丈に振る舞ってたけど、頭の中が真っ白で、心がいつ、ぽっきりと折れちまうか、自分でもわからなかった。おとっつぁんがあの世に行っちまったんだったら、あたしは独りぼっち。この世にもう何の未練もないって思ったりした」

おき玖は痛ましそうに喪主の席で、ぴんと背筋を伸ばしているさと香を見つめ、

「こんな時に来てくれないのかしらね、想《おも》い人の玉助《たますけ》さんは――。誰かが支えになってあげないと」

眉《まゆ》をひそめて季蔵の耳に囁《ささや》いた。

「一緒に寝ずの番をします」

季蔵の言葉に、大きく頷いたおき玖は、

「少しはお腹《なか》に入れないと持たないわよ」

通夜振る舞いのおやこ豆尽くしを皿に取って、箸を添え、渡そうとしたが、さと香は、

「すみません」

首を横に振って頭を垂れた。

夜更けて、通夜に訪れる客が途絶えた頃、

「大変だったよな」

年齢《とし》の頃は十七、八歳、肩幅の狭い、華奢《きやしや》な身体つきの若い男が、横たえられているさ

と香の父親の枕元に座った。

「玉助さん」

通夜の間中、乾いていたさと香の目が濡《ぬ》れた。

「気ぃ落とすなよ。さと香には、俺がついてるから大丈夫だ」

「うん」

二人はしばし、熱く見つめ合った。

「それじゃ、俺、まだ仕事があるから、これで。すまねえが、明日の野辺《のべ》送りは来られねえ」

玉助は立ち上がり、

「いいよ、いつも、玉ちゃんは忙しいんだから」

さと香は袖で涙を拭《ふ》いた。

「何かあったら、伍助に伝えてくれ。伍助は俺の居所を知ってる」

――伍助はこの玉助の弟分というわけか――

季蔵は玉助の稼業が気になったが、この場では訊けなかった。

「わかった。でも、あたし、なるべく、迷惑かけないようにする」

さと香は無理やり笑って、玉助の後ろ姿を見送った。

それから、四半刻（約三十分）ほどして、うるさく鳴いていた蛙《かえる》の声がやっと止むと、

「ごめんください」

か細い女の声がして戸が開いた。

「おたみちゃん」

さと香ほどではなく、泥臭い印象ではあったが、そこそこ見目形の整った若い女の顔は蒼白で、その肩が震えている。

――どうして、また――

季蔵は目を留めた。

「おたみちゃん、何？」

さと香は、何？　とは言ったが、その表情に、このおたみの訪れを、意外に感じている風はなかった。

「あ、あたし、萩谷先生の形見の着物が気になって仕様がなくて、あ、あの、畳の上に広げてあったっての――」

おたみは部屋の隅に畳まれている、着物をじっと見た。

「ど、どうせなら、せ、先生の着物にも手を合わせたくて――」

おたみは部屋の隅に屈み込んだ。

片袖が無い箇所を見つけると、目を凝らして、丹念に切れた糸を縫い目から取り除いていく。

終わって、おたみが着物を畳み終えたところで、

「父上の死に顔が安らかだったんで、あたし、どんだけ、救われたかしれないんです」

さと香は季蔵とおき玖に微笑《ほほえ》んで、

「それにこれ――」

合わせた襟の間から、細く畳んだ紙を出して開き、二人に見せた。

「死んだ時、父上が持っていた文です。松次親分が渡してくれました」

その文には以下のようにあった。


哲美《さとみ》よ、悲しむことはない。この先、父が迎えることになるであろう最期は、どのようなものであっても、決して、悲惨ではないからだ。かつて、我が子のおまえと同様に、教え子を護《まも》ろうとしたように、今回も人を導く者として、当然のことをしたまでのことだ。わたしは誇りを持って死んでいく。


季蔵が読み進むにつれて、背中を見せて座っていたおたみの頭ががくっと前に垂れた。入ってきた時以上に、肩の震えが増している。

「おたみちゃん――」

さと香が声を掛けて、

「この文の我が子のおまえと同様にという件《くだり》に続く教え子とは、おたみさん、あなたのことですね」

季蔵はおたみの背中に念を押した。

「何のことか――」

おたみは必死に首を横に振っている。

代わりに、さと香が話しだした。

「あたしとおたみちゃん、姉妹みたいに、仲がよかったっていう話はしましたよね。でも、おたみちゃん、ずっとここの長屋にいたわけじゃありません。前は別のとこにおとっつぁんとおっかさんとで住んでたんです。おとっつぁんがおっかさんをいつも殴る、蹴るして、ついには、おたみちゃんまで殴られて、痣《あざ》を作るようになって、父上が見かねたんです。このままじゃ、何の咎《とが》もないのに、妻が夫に、子が親に殺されるかもしれないって。ここからが父上の武勇伝。損料屋で刀を借り、強そうに見せて、おたみちゃんちに乗り込むと、鬼のおとっつぁんを脅し、おっかさんと二人、そいつから引き離して、ここへ住まわせるよう、大家さんを拝み倒したんだもの。そうだったよね、おたみちゃん――」

「もう、覚えてません」

さと香はおたみに相づちをもとめたが、
おたみはうなだれてはいたが、頑固に頷きはしなかった。

「それではどうして、あなたは萩谷先生の着物の袖口を改めに来たのです?」

季蔵は鋭く訊いた。

「そ、それはさっき言った通りで、それだけで――」

「袖の抜けた縫い目から、丁寧に糸くずを取っていましたね」

「先生は几帳面な方でしたから、綺麗にしてさしあげないと供養にならないと――。あたし、これでも、仕立てでお足をいただいてて、それもあって、気になったんです」

おたみはおずおずと顔を上げた。

「几帳面な人がどうして、糸くずを残して、自分の片袖をもぎ取ったのでしょう？」

いきなり、真実に迫る疑問をぶつけて、季蔵はおたみの怯《おび》えた顔を見据えた。

「先生はあのお侍に袖を千切られたはずで――」

おたみは目を伏せ、

「はて、それに千切った痕などありましたか？」

季蔵は畳まれている縞木綿に顎《あご》をしゃくった。

「おたみちゃん」

さと香はりんと声を響かせて、

「あの時と同じなのよ、おたみちゃん。なけなしのお金で刀を借りた父上は、〝俺は、そのろくでなしの父親と刺し違えても、おたみを護ってみせるぞ、子どもを不幸にする親は許せない。だから、俺に何があっても狼狽《うろた》えるな〟ってあたしに言って、長屋を出てったのよ。だから、安心していいの。誰も、おたみちゃんを責めたりはしないから、本当のことを話してちょうだい」

「哲美ちゃん」

おたみはいきなり、さと香に抱きつくと、

「あたしが悪いの。あたしのせいで先生がこんな姿に――。お願い、許して」

おいおいと声を上げて泣き始めた。

「大丈夫よ、大丈夫だから、おたみちゃん」

さと香はおたみの背中をあやすようにさすり続けた。


「お話しします」

おたみは姿勢を正して話し始めた。

「前の長屋にいる頃、おとっつぁんに殴られてたおっかさんの怪我《けが》がひどくて、仲居の仕事に出られず、手習いが終わった後、子どものあたしが花を売り歩いて、お米を買ってたことがあるんです。その時、花を買ってくれてた古田大膳は、あたしを覚えていて、ばったり出遭ったこの弥生《やよい》の頃から、八十吉《やそきち》さんと夫婦《めおと》になることが決まったと言っても、聞く耳を持たず、ずっとつきまとってきてました。〝いくら逃げても逃がさない、何なら、八十吉とやらに、――おたみはおまえが初めての男じゃない――って、教えてやってもいいぞ〟と脅されてました。花売りをしてたあたしは、まだ、ほんの子どもでしたから、根も葉も無いことでしたけど、もしかしたら、八十吉さんは信じるかもしれないと思うと、夜も眠れなくなって――。あの時のお礼だと言って、仕立てで貯めたお金を渡しても、〝こんなはした金〟とせせら笑うばかりでした」

「何って、酷《ひど》い男」

堪らなくなったお き玖が吐き出した。

「もちろん、ここも古田に突き止められてしまってたのね」

さと香はため息を洩《も》らし、おたみは頷いて先を続けた。

五

「あの日の夜、あたしは裏の空き地に呼び出されました。苦労して育ててくれたおっかさんは、八十吉さんとのことをそれはそれは喜んでくれていたので、古田に脅されているなぞとは、口が裂けても言えません。夕餉《ゆうげ》を食べた後、〝急ぎの届けものがあるから〟と、嘘をついて長屋を出たんです。古田は酒癖も悪いんです。かなり酔っていて、〝遅すぎる、ずいぶん待たせてくれた〟と責め立てた後、〝許してやってもいいが、黙っていてやるからには、相応のことをしてもらおう〟と青筋を立てて脅してきました。〝お金なんてもう都合できません。それにあたしには許婚《いいなずけ》がいるんです〟と、いつも通りに繰り返すと、〝山吹の花が枕代わりだ〟と言って、古田が飛びかかってきました。あたしは夢中でその腕から逃れようと、振りほどいて――」

そこで、おたみは言葉を詰まらせ、

「あなたに躱《かわ》された古田は、酔っていたこともあり、弾みであの大きな石に頭をぶつけてしまったというわけですね」

季蔵が後を引き継いだ。

「古田はうーんと唸《うな》って倒れ、動かなくなったんです。呼びかけてみましたが、応えはありませんでした。もう、あたし、怖くて怖くて――」

おたみは震える両肩を抱いた。

「それなら、おたみちゃん、少しも悪くないじゃない」

さと香は言い切ったが、

「しかし、おたみさんが、振りほどいた時、突き飛ばしたゆえに、相手が死んでしまったのだと見なされたら、殺したも同然だと決めつけられかねません。主家も古田大膳が市中で垂れ流していた、数々の悪辣《あくらつ》な振る舞いを認めはしないでしょう」

季蔵は首を横に振った。

――今回、お奉行様が動かれ、わたしに真相解明を命じられたことでもよくわかる。酔っ払いの家臣の過《あやま》ちが招いた弾みの死さえ、受け入れず、下手人捜しをしようとしたのだから。誇りと意地だけが息をしているのが武家だ――

「あたしも一瞬、哲美ちゃんのように思いました。あたしは悪くない、だから、早く、誰かに報せようって。でも、やっぱり、おっかさんに心配をかけたり、八十吉さんに古田と知り合いだったことを知られるのが嫌でした。すると、足に根が生えたみたいに、しばらく、その場を動けずにいました。萩谷先生が通りかかるまで――」

「萩谷先生とは何を話したのです？」

季蔵は先を促した。

「気がつくと、あたしは全《すべ》てを話してて、〝どうしたらいいんでしょう?〟って、先生に聞いてました。先生は、〝世の中が澄んだ子どもの心のようにまっすぐなら、ここは番屋に届けるのが筋だが、御政道をはじめとして、何もかもが、ねじ曲がっているのが当世だ。先は闇しか見えぬことが多い〟と言って、爪を片袖の縫い目に当てると、ぷつん、ぷつんと糸を切り、身頃から外して、死んでいる古田の手に握らせました。そして、懐中の財布を抜くと、〝これで、おたみとは無縁になった。早く、帰りを案じているおっかさんの元へ帰れ〟って言って、あたしをその場から追い払ったんです。あたしが〝先生、どうして、そこまであたしのことを?〟って聞くと、先生は、〝気にするな。出て行った娘の幸せを案じるゆえでもあるのだから〟って――」

「あたしのことね。我が子と同様に教え子を護ろうとしたって、文に書いてあったもの――」

さと香の声が掠《かす》れた。

――萩谷先生には、すぐに、おたみさんが事情を話しに出向いたところで、真実は揉み消され、たとえば、おたみさんの方に非があって、無礼打ちを躱した結果、起きたことのように捏造《ねつぞう》されかねない、結末が見えていたのだろう――

「話はこれで終わりです」

最後におたみはもう一度、萩谷が着ていた木綿を拝んで出て行った。

「気になることが――」

季蔵は片袖の着物の方を見た。

「角帯が上にのっていたはずですが」

「あの着物は明日、お棺に入れるつもりだったの。父上も帯がなくては、あの世で不自由だろうからと、あたしが添えて置いたのよ」

「もしかして、おたみさん、思い詰めて――」

おき玖は季蔵とほぼ同時に立ち上がった。

「このあたりで、大きな木のあるところといえば」

「杉森稲荷《すぎのもりいなり》神社。なんせ江戸三森の社《やしろ》の一つ。あそこなら大きな木がいっぱい植わってる」

「急ぎましょう」

外へ出て駆け出す二人に、

「あたしも」

さと香もあとを追った。

神社の境内《けいだい》はしんと静まりかえっている。花相撲《ずもう》や富くじの折のにぎわいが嘘のようである。

三人が口々に呼ぶおたみさーんという声も提灯《ちょうちん》の灯《あか》りも木々や石塔に吸い込まれていくようである。

やっと見つけたおたみは神社の社殿の前にある、大銀杏《いちょう》の前で、輪を作って木の枝にぶらさげた角帯を見上げていた。

「先生、今からあたしもおそばにまいります」

そう、呟いて、今にも、輪に首を通そうとしている。

「そんなことをしたって、父上は喜びやしないわよ」

さと香が鋭い言葉を投げた。

「だって、あたし、先生に申しわけなくて、申しわけなくて、もう、生きちゃいられないのよ」

「それでも、生きて、父上が願ってた通り、幸せになって。そうしてくれなきゃ、何のために、父上が身代わりになったか、わからないじゃない。それにね、父上は身勝手して、勘当したものの、あたしが心配でならず、前に身体を張ったこともあるおたみちゃんに、あたしのことを重ねてたのよ。その時、困ってたおたみちゃんのこと、あたしだと思えて、矢も盾もたまらずに、罪を被《かぶ》ったんだと思う。だとしたら、あたしの方が、おたみちゃんより、ずっとずっと父上に対して、申しわけないじゃないの」

さと香は声を限りに震わせて、おたみの首から角帯の輪を外すと、がくりと崩れ落ちかけた。

「哲美ちゃん」

今度はおたみがさと香を抱きかかえて、しばらく、

「父上、父上、あたしを許して」

むせび泣く背中をさすっていた。

季蔵とおき玖は、ただ黙って二人を見ていた。

不意におき玖が、

「あら、いけない。あたしたち、寝ずの番のはずが、出歩いたりしてる。仏様を一人にするなんて――」

言い出して、四人は急いで通夜の席へと戻った。

「おたみちゃんもここにいて」

さと香の言葉に、

「そのつもりよ」

おたみは自害に使うはずだった角帯を着物の上にそっと置いて、手を合わせた。

「もう、それはいいから、ここへ来て」

さと香はおたみを近くに座らせると、目を閉じた。

「さあ、皆さんも目を閉じて。おたみちゃんもよ」

季蔵たち三人が倣うと、しばらくして、ごーん、ごーんと丑《うし》の上刻（午前二時頃）を告げる鐘の音が耳に響き、同時に四人は目を開いた。

「深夜の鐘はよく響くわね」

そう呟いたさと香は、

「おかげで、すっかり目が覚めてしまったわ。皆さんも、よほど、疲れていたみたい。四人が四人、寝ずの番ができずに、しばし、眠りこけてしまってたなんて――。少し眠ったら、お腹が空いたみたい。残ってる通夜振る舞いでも、お腹に入れたくなったわ。皆さんもいかが？」

「あたしはお茶を淹れるわ」

「卵とじは少し温めましょう」

おき玖と季蔵が立ち上がった。

「あたしはこれから、おっかさんに事情を話して番屋に――」

言いかけたおたみを、

「おたみちゃん、おっかさんに、何の話、するつもり？　仏様を前にみんなで、ぐっすり居眠ってたなんて話するんなら、そこにある、空豆の茶巾絞り、持ってってあげて。おばさん、甘い物大好きだったはずだから」

「でも、あたしは番屋へ行かないと」

「そんなの、ここで横になってる父上が許すはずないわ」

さと香は言い切り、相づちをもとめられた季蔵は、

「居眠りの最中、夢で萩谷先生にお会いしました。たしかに、今、さと香さんが言った通りのお言葉でした」

竈に火を熾《おこ》しながらふと洩らし、

「そもそも、あたしたちは眠ってたのよ。これということは、何一つ起きちゃいないわ。

番屋って？　おたみちゃん、何か悪い夢でも見たんじゃない？」

おき玖は水瓶《みずがめ》から水を汲《く》んで薬罐《やかん》を満たした。

「ほら、おたみちゃん、ぼーっとしないで。まずはおっかさんに空豆の茶巾絞り届けて。そうそう、父上はおたみちゃんとこのほうじ茶が好きだったから、少し、おばさんに貰ってきてくれない？」

さと香に急かされたおたみは、

「はいはい——」

応えながらも目を擦り続けた。

六

何日かして、前触れもなく、塩梅屋に顔を出した烏谷は離れに陣取るなり、

「空豆尽くしの続きを食いたくて来たぞ」

探るような目で季蔵を見た。

「申しわけありませんが、事情があって、あれは今、品書きにはないのです」

「ふーむ」

烏谷は両腕を組んで、

「何でも、古田大膳を手にかけ、捕縛されてすぐ死んだ手習いの師匠は、空豆が好物だったと聞いたぞ」

──さすが、お奉行は地獄耳だ──

内心、ひやりとした季蔵だったが、

「実はあの空豆尽くしは、師匠の娘さんの話を聞いているうちに、思いついたものでした。その縁で頼まれ、通夜振る舞いにお出ししました」

淡々と続けた。

──通夜の夜半の話は誰にも聞かれていないはずだ──

「喪のかかった料理ゆえ、封印したと申すのだな」

烏谷はふんと鼻を鳴らした。

「左様でございます」

季蔵は大きく頷いた。

「尽くしには揚げ物も入っているはずだ。わしの揚げ物好きは知っておろう？　忘れたのか？　わしは空豆の天麩羅が食べたかった。こっそり、わしだけに作ってはくれぬか」

「空豆も封印いたしましたので、ご希望に添うことはできません」

「相変わらずの頑固者だ」

舌打ちした烏谷に、

「お奉行様は小海老がお好きでしたね」

「覚えていてくれることもあるのだな」

「それではどうか、今からお出しする小海老料理でお許しください」

「海老なら何でも好きだが、空豆の代わりになどなるものか」

烏谷はふて腐れていたが、しばらく待って、店から季蔵が、からっと揚がった熱々の海老の若草揚げを皿に載せてくると、

「おおっ」

歓声を上げて箸を手にした。

「ぷりぷりの小海老とこのしゃきしゃきするのは独活《うど》のようだ。筍《たけのこ》まで入っておる」

「抹茶衣を空豆の若草色に代えてみました」

「なるほど」

烏谷は忙しく、箸を動かし続けて平らげると、

「そういえば、卒中で死んだ下手人は、娘に倣って、金鍔やカステーラ、うどん、そうめん等の粉ものを口にしなかったそうだな」

また、いわくありげな目になった。

「よく御存じで」

季蔵はあわてた。

「見くびってもらっては困る」

「娘さんは、端午の節句の折、亡くなった京極屋《きょうごくや》の弥太郎《やたろう》さんと同じで、小麦粉が命取りになる体質なのです」

――これもとっくに御存じのはずだが――

するると、唐突に、

「そちの料理は美味《うま》い。だが、わしには不満がある。そちは長次郎にも増して、寡黙すぎる」

烏谷はからからと笑い、

「もう一つ、思い出したことがある。萩谷正文が盗んだ財布の中身だが、どうせ、古田が強請《ゆす》りとった悪銭ゆえ不問に付した。わしとて、いつも、御定法を振りかざしているわけではないぞ」

と続け、

「話は萩谷正文の粉もの食わずだったな。子がおらず、親心に疎《うと》いせいか、わしなら、到底我慢できぬ。子が食することのできぬものを自分も絶つことで、子を想うとは、いやはや、親が子を想う心は底知れぬものがある。カステーラ、金鍔、うどん、そうめん、どれをとっても、死ぬまで食わぬと決めることなどわしにはできそうにない」

深々とため息をついた。

一方、さと香はその後も毎日、塩梅屋を訪れ続けている。

「こんばんは――」

「お邪魔しまーす」

さと香は前と変わらず明るく振る舞っていて、表向きの理由は仕込んだ翁空豆の出来具合を確かめるためだったが、

「ここに来ると、どういうわけか、父上が見守っててくれるって気がするの」

時折、神棚の方を見て、切ない心の裡《うち》を語った。

そして、初雪を被ったような見事な翁空豆が出来上がった日、

「これ、是非、季蔵さんが大事にしてる女《ひと》に届けてほしいの。翁空豆って、きっと、長生きの御利益《ごりやく》があるはずよ。父上にはもう要らないし、今、長生きしてもらいたい相手がいるのは、あたしじゃなく、季蔵さん――」

さと香は季蔵と瑠璃《るり》の話を覚えていた。

「そりゃあ、甘いもの好きの瑠璃さんは喜ぶでしょうけど」

おき玖は頷きかけ、

「いいのですか？」

季蔵は戸惑った。

「よーく、考えてみたら、お酒が好きだった父上は甘いもの、そんなに好きじゃなかったし――」

「それなら、これは有り難くわたしがいただき、代わりにお父上の好物を作って供えましょう」

季蔵は粉もの食わずで通した、さと香の父親の心情を、底知れぬ親心と言った烏谷の言葉を思い出していた。

――できれば、菓子ではない、うどんか素麺《そうめん》で供養してさしあげたいが――

「お父上は酒と空豆のほかに、いったい、何がお好きだったのでしょう？」

「一緒に住んでる頃、始終食べてたのは、納豆、今の時季だと胡瓜《きゅうり》、それから、呑み助だったから、焼き味噌《みそ》。何でも、手当たり次第、振りかけてしまうほど、胡麻もご贔屓《ひいき》だったわ。それと――、ほんとは、あたしの食べられないうどんや素麵も大好きだったと思う。特にうどん――」

「何か思い当たることでもあるの？」

おき玖がさと香を見つめた。

「去年の暮れにここで、昼餉にうどんを振る舞ったはずよ。立ったまますぐに食べられて、身体が温まって、何より安くて美味いって、鶏団子の入ったうどんが評判になったでしょう？　その話を、人から聞いた伍助さんが、何気なく、父上に話したところ、〝評判のうどんのことは、ほかの者からも聞いて知っている。わしも食べに行きたいのは山々だが、一度断《た》った食べ物ゆえ、今更、食べるわけにはいかぬ〟って言ってたんですって」

「わかった、それで、さと香ちゃん、おとっつぁんがここにいる気がしてるのね」

おき玖は神棚に手を合わせた。

「誰でも、食べ物への想いって、強いはずだから――」

「それではうどんで行きましょう。お父上の好物を取り入れた夏うどんを作らせていただきます」

こうして、翌日から季蔵は夏場に向けて、とっておきのうどんを作ることとなった。

ただし、先代の日記に夏のうどん食いは記されていない。

「夏うどんとなると、やはり、茹でて、井戸水で冷たくしたのに、汁をかけるか、張るかするのよね？」

おき玖は興味津々である。

「一つ、やってみましょう」

季蔵は冬うどんで使った稲庭うどんを茹でて、昆布風味の煎り酒を隠し味に使った出汁《だし》と共に、よく冷やし、たっぷりの出汁を器に張って、茹でうどんを沈めた。

さっと塩茹でした小海老と、薄焼き卵、大葉や胡瓜、茗荷《みょうが》の細切りを彩《いろど》りよく飾って仕上げる。

「とっても、上品ないいお味よ」

箸を取ったおき玖は目を細めた。

おき玖と一緒に味わった季蔵は、

「さっぱりはしていますが、物足りない気がします」

「酒蒸しした鶏肉を足してはどうかしら？」

「いいかもしれません」

酒蒸しの鶏肉を足す際には、器に出汁を張るうどんではなく、皿に茹でうどんを盛りつけて、出汁よりも濃いめに作ったたれをかけることにした。

「せっかくの具の味わいが出汁に逃げずにすみます」

「たしかに、この方がご馳走《ちそう》風で、いい塩梅だわ」

おき玖はふぅとため息を洩らしたが、

「今一つ——」

季蔵は得心がいかなかった。

「何が引っかかってるの？」

「冬のうどんが喜ばれたのは、ふうふうと温かくて、鶏団子で精がついたからでしょう？冬場の食べ物はそれが何よりです。夏場も倣ってはみたのですが、冷たくして、同様に鶏を使うだけではどうもしっくりきません。まだ、肝心の何かが、足りない気がします。これでは、さと香さんのお父上への気持ちが伝えきれていません」

季蔵は眉を寄せた。

——まあ、死んだおとっつぁんにそっくりの目皺《めじわ》——

料理人の生みの苦しみは、はかりしれないものがあるのだとおき玖は思い、

「ところで、季蔵さん、翁空豆を早く、瑠璃さんのところへ届けてちょうだい。これもさと香ちゃんの気持ちなんだから」

話を転じて、季蔵を促した。

七

心の病を患い続けている瑠璃は、南茅場《かやば》町にある、こぢんまりした一軒家の二階に起居

している。

「お邪魔いたします」

門戸で声を張ると、

「まあ、季蔵さん、やっと、いらしてくださいましたね」

烏谷が芸者時代から馴染んでいる長唄の師匠お涼《りょう》が、粋《いき》に着こなした着物の襟を直しながら出迎えた。

「毎日、瑠璃さんはお待ちかねなんですから――」

「お世話になっています」

季蔵は深々と頭を垂れて、翁空豆の入った蓋付きの菓子鉢を差し出した。

蓋を開けたお涼は、

「綺麗だこと。お砂糖の白さも空豆の若葉色も、どちらも、汚れのない様子で、まるで、瑠璃さんみたい」

――そうかもしれない――

お涼の言葉は不思議に季蔵の心に響いた。

――瑠璃は一度まみれた俗世の汚れに、身を浸し続けることができずに、誰も立ち入ることのない、独りだけの無垢《むく》な世界に住むようになったのだ――

「縁側においでです」

「起きているのですね」

瑠璃は臥《ふ》して眠っていることが多かった。寝ている時、たいていは両目から涙をすーっと一筋流している。

それが苦しい表情にも見えて、如何《いか》に、鷲尾《わしお》影守《かげもり》の側室になってからの日々が、悪夢の連続であったかがわかった。

――夢の中では正気に戻っているのかも――

起きている時も、正気を取り戻していてほしいとは思ってはいるものの、臥している瑠璃の姿を見る季蔵はいつも辛かった。

「今日は気分がいいようですよ。このところ、庭の池に雨蛙が棲《す》み着いていて、さっきはその様子を見て、珍しく、笑い声を立てていましたっけ」

「笑い声ですか――」

季蔵はうれしかった。

「今、菓子皿に分けますので、それとお茶をお持ちください」

お涼から翁空豆と茶の入った湯呑みが載った盆を渡された季蔵は、座敷の障子をそっと開けた。

縁側に座っている瑠璃の後ろ姿が見えた。

「瑠璃、わたしだ、堀田《ほった》季之助《としのすけ》だ。会いに来たんだよ」

堀田季之助というのは、町人名を名乗る前の季蔵の名である。

「ほった――としーのすけ」

応えた瑠璃はゆっくりと振り返った。

「としのすけさま？」

瑠璃が無心に微笑む。

「そうだよ」

季蔵は胸が張り裂けそうになった。

――たとえ、瑠璃が一生、武士であった頃の自分のことしか、思い出せないとしても、それで幸せならばもう、かまわない――

「綺麗」

瑠璃は翁空豆を見た。

――空豆の若葉色は瑠璃を想わせる――

季蔵はほんのりと薄い卵色の地に、新緑の色の濃淡で若竹が描かれていた、瑠璃の正月の晴れ着姿を思い浮かべた。

――瑠璃は艶《あで》やかな花よりも、清々《すがすが》しい、今時分の竹や木々の葉が好きだった――

「これは菓子で甘い」

季蔵は菓子楊枝《ようじ》の添えられている菓子皿を渡し、

「たいそう美味い」

自らも菓子楊枝を手にして一粒、二粒、口に運んで見せた。

倣った瑠璃は、五粒ばかりあった翁空豆を食べ尽くした。

「どう？　召し上がりました？」

お涼が顔を出した。

瑠璃のような病の者は、とかく、食が衰えがちになり、風邪《かぜ》や労咳《ろうがい》（結核）など、他の病を呼び寄せることが多いので、くれぐれも、食べさせるようにと、訪れる医者が忠告し続けている。

瑠璃の菓子皿が空になっているのを見たお涼は、

「まあ、よかった」

胸を撫で下ろした。

「若草色が好きだったので、色に釣られて食べてくれました」

季蔵が告げると、突然、

「ここ、ここ、ここ――」

瑠璃は帯の下に手を置いた。

「カエル、カエル、ここ、ここ」

自分の腹部に向けて話しかけている。

――どうやら、瑠璃は新緑と同じ色の雨蛙が気に入っていて、それを食べた気になっているようだ――

「カエル、カエル――」

瑠璃はしばらく、きゃっきゃっと笑い声を立てていたが、疲れたのか、ことっと首を垂れて、子どものように寝入ってしまった。

瑠璃を抱き上げて季蔵は階段を上がり、お涼が延べてくれた布団に横たえる。

半刻（一時間）ばかり、季蔵は瑠璃の寝顔を見ていた。

この時、夢を見ている瑠璃は涙を流さなかった。

夜着《よぎ》を運んできたお涼は、

「瑠璃さん、微笑《わら》ってるわ。きっと、楽しい夢を見ているのね」

ほっと肩で息をした。

――瑠璃にとって、腹におさめた翁空豆は、可愛《かわい》いカエルなのだ。そのカエルと遊んでいるのだとしたら、もう、瑠璃は独りではない。そうだ、カエルといえば――

季蔵は正月の晴れ着のことで、瑠璃と交わした言葉を思い出していた。

「京の友禅職人に下絵から頼む、一生一代の高価な品ゆえ、当初、母上はわたくしの好きにしていいと言ってくれていました。ところが、いざとなると、無難な若竹で押し切られてしまったのです」

「無難でないものとは？」

「それは、変わっているだけではなく、跳ねっ返りと思われかねないゆえ、他人《ひと》様に洩らしてはいけないと、父上にまで、固く、口止めされました。ですから、たとえ、季之助様でも申せません」

――変わっていて、跳ねっ返り――これは、雨蛙のことだったのだ。瑠璃は雨蛙の絵柄を晴れ着にと望んだのだろう――

「今後ともよろしくお願いいたします」

季蔵は、お涼の家を出て木原店《きはらだな》へと帰る道すがら、

――若竹の柄がよく似合った瑠璃は、草木の新緑が好きなのだとばかり思っていた。だが、本命はちょこまかと池の周りを動き回る、ひょうきんな雨蛙だったのだ。たしかに雨蛙も若草色だ――

自分の思い込みに、知らずと苦笑を洩らしかけて、

――そうだ――

立ち止まって両手を打ち合わせた。

――冬のうどんを食べていただけなかった、さと香さんのお父上のために、夏のうどんを、稲庭うどんを使って、作り替えようとすること自体、浅はかな思い込みではなかろうか――

そう思ったとたん、

――できた。これなら、萩谷先生の供養になる――

季蔵は大きく何度も頷いた。

思いついた季蔵は、これぞという夏うどんのための材料を買い集めて、塩梅屋に戻ると、

「夏うどんを作ります」

「あ、でも、そろそろもう、稲庭うどんがないのよ」

おき玖が慌てると、

「うどんは使いません」

「でも、夏うどんでしょう？」

それには応えず、季蔵は鍋に注いだ菜種油に、もとめてきた板酒粕《さけかす》、にんにく、生姜、長ネギの白い茎の部分を一本分、各微塵《みじん》切りに、ねぎの青い葉、桂皮《けいひ》適量を加え、木べらを使いながら弱火にかけて、四半刻をめどにじっくりと煮ていく。

「すげえ匂《にお》い」

三吉は鼻を摘《つま》みかけて、

「でもないか――」

首をかしげた。

「悪くない匂いよ。慣れると病みつきそう。これが夏うどんにどう化けるのかしら――」

おき玖は興味津々である。

にんにくが茶色くなってきたところで火を止め、生姜、ねぎの青い葉を取り出し、胡麻油、粉唐辛子、粉山椒《こさんしょう》、白いり胡麻、味噌適量で調味する。

「夏うどんのたれです」

次に季蔵は大葉とねぎの青い部分、胡瓜を出来得る限り、細い千切りにすると、たっぷりの湯で素麺を茹で始めた。

茹でた素麺をさっと水で洗い、笊に上げて水気を切り、大鉢に取って、これに夏うどんのたれをたっぷりとかけ、一気に素麺に絡ませていく。

やや浅めの丼に盛りつけて、大葉、ねぎの青い部分、胡瓜の千切りを載せて仕上げた。

「酒の搾り滓である酒粕、胡麻、味噌、胡瓜等と、萩谷先生の好物を多く使って作りました。冬には鶏団子入りのうどんが心地よいのですが、夏ともなると、滋養があって、ぴりっと辛く、衰えがちな食欲を増させ、夏負けを防ぐ、薬膳素麺が何よりだと思ったからです。どうぞ、食べてみてください」

季蔵に丼を渡されたおき玖は、

「曰《いわ》く言い難い、深みのあるたれの味。こんなコクのある、美味《おい》しいたれ、あたし、はじめて。おとっつぁんに食べさせてあげたかったたな。仏壇に供えたら、堪えきれなくなって、あの世から化けて出てきてくれるかもしれない、あ、この涙、辛味のせいだからね」

目を瞬かせ、

「おいら、普段は辛いの苦手なんだけど、こいつだけは、たとえ、舌がひりひりしても、目が涙でしょぼしょぼしても、止められねえほど美味いや」

三吉は箸を持つ手を止めなかった。

第四話　生き身鯖

一

翁《おきな》空豆《まめ》を仕上げて以降さと香《か》は姿を見せず、

「来ないわね、どうしたのかしら？」

おき玖《く》はやきもきしていた。

「こんばんは――」

やっと訪れた素面《しらふ》のさと香は、皿に盛りつけられている、唐辛子色の薬膳素麺《そうめん》を前にして、

「わあ、出来たんですね。これで心残りがなくなりました。本当にありがとうございました」

礼を言って、長居はせずに帰っていった。

季蔵とおき玖は、戸口に立って、さと香の姿が見えなくなるまで、見送った。

「大丈夫かしらね」

おき玖が不安げに呟《つぶや》いて、

「あたしも季蔵《としぞう》さんも、さと香ちゃんに、恩に着せるほどの世話はしてないけど、親身にはなってるでしょ。お相手だっていう、玉助《たますけ》さん、あの通夜の日に来た男、一度ぐらい、ここに寄って、挨拶《あいさつ》してくれてもよさそうなもんじゃない？　おとっつぁんだったら、たぶん、〝他人《ひと》様に挨拶一つできねえもんにろくな奴はいねえ〟って言うわよ」

「玉助さんは何の仕事をしているのでしょう？」

季蔵も気にかかっていた。

「ちらっと、聞いた話では、あの通り、どこも身体は悪くないのに、これといった仕事はしてなくて、さと香ちゃんがめんどうをみてるようだって」

「それはもしかして――」

――前借りがある芸者の身で、男のめんどうなど、みつづけられるものだろうか？――

「どうやら、さと香ちゃん、玉助さんのために、置屋のおかあさんに内緒で稼いでいるらしい。女にだけ、売れるものを売らせて、自分はのうのうと遊び暮らしてるなんて、あたし、許せないわ」

「二人は夫婦《めおと》になるはずでは？」

「あたし、こんな言い方すると、根性がねじ曲がってるみたいで嫌なんだけど、そう思ってるのは、さと香ちゃんの方だけだと思う」

「今度来た時にでも、話をしてみましょう。玉助さんを連れてきてもらって、話をしてもいいし――」

季蔵の力んだ口調に、

――亡くなったさと香ちゃんのおとっつぁんに負けないほど、二人の幸せを痛いほど願ってるんだわ。季蔵さん、果たせずにいる瑠璃《るり》さんとの幸せを託しているのね――

おき玖は感無量だった。

――でも、さと香ちゃん、来るかしら？　何だか、口数がいつもより少なくて、後ろ姿が今までで一番思い詰めてるように見えた。あれは、男のことで決意した女の背中だったわ――

おき玖の予感は当たって、その後は、さと香のやや高めに張り上げた柔らかく艶《えん》な声が、戸口を賑《にぎ》わすことはなかった。

その翌日、

「今年もそろそろ、生き身鯖《さば》に入ります」

鯖は春から夏が盛りであった。

生き身というのは、獲《と》れたてという意味で、腐りやすい脂を多く含む鯖は〝鯖の生き腐れ〟とも称されるほど、傷《いた》みやすく、とにかく生き身鯖に限るのである。

ふんだんに獲れる上、同じように下魚とされる、鰯《いわし》や鯵《あじ》よりも図体が大きいので、食べ応《ごた》えがあった。

「美味《うま》くて安くて、腹いっぱい食べられる魚だよね」

塩梅屋《あんばいや》の品書きに鯖料理が並ぶ頃には、賄《まかな》い料理にも鯖が使われる。

「今日はおいらが料理するよ」

三吉《さんきち》の得意な鯖料理は、鯖の味噌煮《みそに》で、

「小さい頃から、今時分になると、おっかあが毎日作ってた」

三枚に下ろした鯖を二等分し、皮目を下にして、酒、砂糖、薄切りにした生姜《しょうが》、味噌で煮るだけという、簡単な代物であった。

酒、生姜、味噌という調味料が鯖の臭みと充分張り合えるので、煮すぎるか、火が強すぎるかで、味噌もろとも鯖の切り身が焦げ付きでもしない限り、失敗することはまずあり得ない。

続いて、おき玖が鯖の醤油《しょうゆ》煮を披露した。

「おとっつぁんからの直伝よ。これなら、子どもでも絶対、しくじらないだろうって、はじめて教えてもらった料理」

これは沸騰した湯でさっと臭みを取った鯖の切り身を、出汁《だし》と砂糖、醤油、薄切りの生姜で、とろみがつくまで煮る。

「季蔵さんの思い出の鯖料理は？」

言葉に出した後で、はっとして、

——思い出したくないことかも——

しまったと思ったおき玖だったが、

「三吉のところと同じで鯖の味噌煮が多かったですね」

季蔵は気にする風もなく、

「ただし、安い鯖でも、切り身を家族の頭数だけ揃《そろ》えられずに、豆腐も一緒に煮て、菜を水増ししてました。味噌煮の時も醤油煮同様、一度、鯖を湯に潜《くぐ》らせて、霜降りにしてから、醤油や味醂《みりん》と合わせて煮るのです。こうすると、鯖が煮えた後の味噌の煮汁で、一口大の豆腐を煮ても、嫌な匂《にお》いが移らないですみます」

淡々と応えた。

――たしか、わたしの母が考えついたこの豆腐の入った鯖の味噌煮は、家中で評判の倹約料理だった。家老の家柄とはいえ、質実剛健を旨としていた、瑠璃の家でも真似《まね》ていた――

互いに、生き死にを伝える術《すべ》もないほど隔たってしまった生家、幸せであったことにさえ、当時は気づかずに過ごした、遠い日々への思い出が、なぜか、ちくちくと胸を刺し、

――いかんな――

うつむきかけた自分を、厳しく叱《しか》りつけたところで、

「すみません」

油障子《あんばいや》ががたっと音を立てて開いた。

「塩梅屋さん」

おたみだった。

夢中で走り通してきたのだろう。

髪を乱して、息を切らしている。

「哲美《さとみ》ちゃんが――哲美ちゃんが――」

おたみの顔は蒼白である。

「永久橋の北の袂《たもと》で骸《むくろ》で見つかったって――」

この時、季蔵は自分が相手に何と言ったか、覚えていなかった。おそらく、何も言わなかったに違いない。我に返ってみると、東へ走っていた。

永久橋は大川（隅田川）の出口付近に架けられている橋で、その名は対岸の箱崎町一帯が永久嶋と呼ばれていたことに由来する。

永久橋の北の袂では、腕組みをしている田端《たばた》と、十手《じって》を腰にぶらさげた松次《まつじ》が、骸となり果てたさと香を見下ろしている。

「あんたか――」

松次はじろりと季蔵を睨《ね》め付けた。

「店のお馴染《なじ》みさんだったものですから」

「まあ、京極屋《きょうごくや》の跡取りが死んだ時には、あんたを介してこの娘の知恵を借りたこともあったしな。無傷なら、新盆も、もうすぐだし、おとっつぁんの萩谷《はぎや》正文《せいぶん》に、呼ばれちまったてぇこともありなんだが――」

「そうではない」

言い切った田端は、そばに転がっている、拳《こぶし》を三つほど合わせた大きさの石へ顎《あご》をしゃくった。石にはべったりと血がこびりついている。

「不憫《ふびん》ゆえ、仰向《あおむ》けに直したが、この娘は見つけた時、頭から血を流し、俯《うつぶ》せに倒れて死んでいた」

「せめてもの救いは、遊ばれてなかったてぇことかな」

艶美な芸者姿で死んでいるさと香の裾《すそ》は乱れていなかった。

「この娘をよく知っているおまえは、この死に顔をどう見る？」

季蔵は田端に訊《き》かれた。

「驚いた表情のまま、息絶えているように見受けられます」

背後から殴り殺されたさと香の死に顔は、苦悶《くもん》や憎悪、怒りとは無縁だったが、それだけに、

——なにゆえ、自分が殺されなければならないのかさえわかっていない、こんなあっけない逝《い》き方では、到底、成仏できるはずもない——

季蔵は無念でならなかった。

二

——振り向かせずに、後ろから頭を殴ったということは、さと香さんだとわかっていて石を振り上げたのだ。さと香さんがよほど気を許していた相手に違いない——

しかし、季蔵は念のため、

「財布は盗《と》られていませんでしたか？」

松次に確かめた。

「財布は無くなってたよ。けど、古田大膳《ふるただいぜん》の例もある。物盗りに見せかけるためだったのかもしんねえな」

「血の乾き具合から見て、女が殺されたのは昨夜だ。俺は、客の座敷が退《ひ》けた後、この女がどうして、こんな寂しい、武家屋敷が立ち並ぶ所を通って、葭町《よしちょう》の置屋まで帰ろうとしたのか、全く、腑に落ちん。とはいえ、このままでは、市中で起きる、たいがいの殺し同様、物盗りの仕業と見なされるだろう。古田のように調べ直しが命じられることは稀《まれ》だ」

田端は季蔵に目配せした。

――田端様は、お上の調べはこれ以上、できないとおっしゃっている――

「ものは相談だが――」

松次が切り出した。

「ここへ着いてすぐ、さと香の置屋花蝶《かちょう》に使いを遣《や》ったが、まだ、駆けつけちゃこねえ。骸は一時、番屋に運ぶが、その後はどうしたものかと。父親も死んじまってて、この娘には、もう、弔《とむら》いをしてくれる身内はいねえ。できりゃあ、人の世の情けで、花蝶に骸を引き取ってもらいてえところだ」

「わたしが改めて、花蝶へ伝えに行きます」

こうして季蔵は葭町の花蝶へと向かった。

花蝶は芸者置屋らしく、どことなく、垢抜《あかぬ》けた造りの二階屋だった。三味線《しゃみせん》の稽古《けいこ》の音が聞こえていて、池に泳いでいる錦鯉《にしきごい》の揺れるヒレの間からは、今にも、脂粉《しふん》が香り立ちそうに見える。

季蔵は勝手口に立つと、

「南八丁堀の松次親分の遣いでまいりました」

用向きを厨《くりや》で水仕事をしていた下働きに伝えた。

「ちょっと待ってくださいね」

しばし、待たされた後、

「その話なら、もう、済んでいると、女将《おかみ》さんはおっしゃってますが――」

「それでは、話を訊きにきたと伝えてください」

この後、季蔵は、船簞笥《ふなだんす》のある女将の部屋で蝶《ちょう》と名乗った、四十歳絡みの女と向かい合った。艶《あで》やかな黒い半襟がよく映る、でっぷりとした太り肉《じし》のお蝶の目は、柔和そうに見えて、時折、きらっと鋭く光る。

――まるで、お奉行を女にしたような――

神棚を背に長火鉢の前に座っているお蝶は、煙草《タバコ》盆を引き寄せると、長煙管《ギセル》を取り上げて火皿に火を点《つ》けた。ふうっと紫煙をくゆらせながら、

「旦那にちょいと訊いておきたいんですが、お客さんたちは、うちみたいなのに、何をも

とめてるかわかりますか？」

季蔵は黙って首を横に振った。

「おや、旦那、遊んだことがありませんね」

お蝶はにやっと笑った。

「ええ」

「お客さんは楽しい夢を見たいから、お座敷に芸者を呼ぶんです。高い銭を払うんですよ。だから、病気や葬式なんぞの辛気《しんき》くさいことは一切ご免なんです。さと香のことは可哀想《かわいそう》だとは思いますけど、ここで弔いはできません。ついさっき、さと香の知り合いの弟分だという尻の青いのに、弔い銭一両をすでに渡しましたからね。この件はこれでご勘弁くださいな」

——弟分とはたぶん伍助《ごすけ》のことだろう——

「訊きたいことがおありだったんでしょう？　早く済ませてくださいな。忙しいんですから」

お蝶は雁首《がんくび》を灰吹きのふちに軽くたたきつけた。

——これは手強《てごわ》い。回り道をするしかあるまい——

「遊びを知らない唐変木《とうへんぼく》なので、吉原も置屋も区別がつきません——」

説明を乞《こ》いたい様子を示した。

「後学のために是非、御指南いただきたい」

「うちと吉原なんかのどこが違うっていうとね、遊びの質なんですよ。あちらがやってること、売るのは色。花魁《おいらん》なんぞに成り上がれば、多少は違ってくるんでしょうけど、何度も通わせてさんざん気を持たせるだけで、最後はやっぱり色。どこぞのお大尽に身請《みう》けされて、妾《めかけ》になれれば、たいした出世と騒がれる。うちはそうじゃありません。芸者は、まずは芸、若さや器量は芸のうちなんです。お武家や旦那衆が芸者を呼ぶのは、芸を通して色香を見たい、感じたいからですよ。色と色香、違うんですよ。若くて別嬪《べっぴん》なら最高なのが色、芸事の修業を積まなければ、体得できないのが色香。色香さえ極めていれば、出世は妾止まりじゃあない。芸が身を助けて、銭稼ぎが出来、自分の足で歩いて行けるんですよ」

そこでお蝶は年齢《とし》を取って芸者を辞めても、独り立ちしている芸者たちの名を何人かあげた。その中にお涼《りょう》の名もあった。

「あの女とは一度か、二度、話をしただけだけど、惚《ほ》れ惚《ぼ》れするほどの芸達者であの器量。引く手あまたで、お大名のご側室や老舗《しにせ》のお内儀《かみ》さんにだってなれたっていうのに、とう、誰の世話も受けなかったんですよ。〝男に銭を出させないのが女の甲斐性《かいしょう》〟っていうのが、お涼さんの口癖でね。だから、今でも、ぴんと背筋を伸ばして、長唄で暮らしをたてて、自分の信じるままに生きてるって聞いてる。あたしは、さと香なら精進次第で、いずれ、あんな風になれるって思って、この道に誘ったんですよ」

お蝶の目に初めて涙が光った。

「さと香さんの身に降りかかっていた災厄について、話していただけませんか？」

——今だ——

季蔵は切り出した。

「厄はあの男、玉助だよ。さと香が芸者になる決心をしたのも、あのろくでなし男が博打《ばくち》で拵《こしら》えた借金を払うためだったんだ」

「あなたはそれを知っていて、さと香さんに持ちかけたはずです」

季蔵はやや厳しい口調になった。

「その時はたしかに、少々、惚れっぽい性質《たち》は好都合だと思ったよ。でも、いずれ、さと香は玉助に愛想を尽かすはずだった。たいていの芸者がそうだから。毎日のように、務めるお座敷には、名もお金もある、たいした男たちが大勢いるんです。その中には、そこそこ、見てくれや金離れがいい、結構な老舗の若旦那だっていて、玉助なんか、すぐに目で無くなると思ってた」

「だが、違った——」

「あの娘、惚れっぽいだけじゃなくて、父親が手習いの師匠なだけあって、尽くし好きだったのが玉に瑕《きず》でね。玉助に唆《そその》かされ、あたしの目を盗んで、荒稼ぎしてる話も耳にした。でも、侍殺しで捕まった父親が調べ番屋であんな死に方をしたこともあって、叱るのをその日延ばしにしてました。さと香という娘は、つい、何でも許してしまう、天性の可愛《かわ》いげがあったんですよ。人なつこいあの笑顔がなければ、あたしも芸者になれなんて、言わなかったかもしれない。今となっては、持ち前の笑顔が災厄を招いたのかも。玉助は、あの娘が芸者になったからこそ、これは逃してはならない、金蔓《かねづる》と見なしてしがみついていたんです。ああ、芸者にさえならなければ――」

お蝶は流れ出る涙を両袖《そで》で拭《ぬぐ》って、

「それにしても、いったい誰が、こんな酷いことを――」

壁を強い目できっと睨《にら》んだ。

「さと香さんを殺した下手人はまだ捕まっていませんが、何とか、探し出したいと思っています」

「お願いします」

お蝶は頭《こうべ》を垂れた。

花蝶を後にした季蔵は、甚兵衛《じんべえ》長屋のある新材木町へと急いだ。

春の夕闇がすでに訪れて来ている。

――伍助に事情を訊かなければ――

田端が言った通り、若い女が夜遅く、川原を一人歩きするとは到底思えない。さと香は誰かと待ち合わせをしていたはずである。

――だとすると、相手は十中八九、玉助なのだが――

しかし、今のところ、玉助にさと香を殺す動機がなかった。

――女将が言っていた通り、玉助にとって、さと香はまたとない、金蔓なのだから――

甚兵衛長屋が見えてきたところで、

「塩梅屋さん」

後ろから走ってきたおたみに声を掛けられた。

「今、番屋で哲美ちゃんにあってきたところです。みんなと相談して、お弔いは萩谷先生と同じ、哲美ちゃんのとこでしようってことになったんです。松次親分が今日の夜には、哲美ちゃんが家に戻れるようにしてくれました。お通夜は今夜です」

「当然、玉助さんが言い出したことでしょう？」

「玉助さんを知ってるんですね」

「はい。萩谷先生の通夜の席で。あなたの来る少し前でした」

「玉助さんとは、玉助さんのおっかさんが生きてた、うんと小さい頃は、哲美ちゃんと三人、よく一緒に遊んだんですよ。でも、今は、玉助さんはいませんでしたけど」

おたみは当惑顔になった。

——だとすると、伍助は誰に頼まれて、花蝶へ弔い代を無心に行ったのか？——

「伍助さんはいるはずですが——」

「番屋まであたしと一緒でしたけど、用を思い出したからって、帰りは別々で。気持ちばかりだけど、弔いの足しにしてほしいって言って、これを渡してくれて——」

おたみは手に握っていた一分金を見せた。

——一両渡したと言っていた女将の言葉が、嘘だったとは思えない——

季蔵は一両の行方《ゆくえ》が気にかかった。

三

季蔵が店に戻ると、

「お嬢さんなら離れだよ」

三吉はひっそりと応え、おき玖は離れで長次郎の位牌《いはい》に手を合わせながら、南無阿弥陀《なむあみだ》仏《ぶつ》、南無阿弥陀仏と必死に経を唱えつつ、

「おとっつぁんの方がそっちには慣れてて、勝手がわかってるはずだから、必ず、萩谷先生を見つけて、一緒にさと香ちゃんを出迎えてやって。そして、ここじゃ、娑婆《しゃば》の苦労はもうないんだよ、誰もがゆっくり、安らかに、幸せに暮らせるんだよって言ってやって。とにかく、おとっつぁんならではのほっとする、優しい言葉をお願い――」

呟いていた。

頬《ほお》の涙はまだ乾いていない。

季蔵が入ってきたのに気がつくと、

「さと香ちゃんのことを聞いた時、もう、頭の中が真っ白になっちゃって、知らずと、ここへ来てたの。冥途《めいど》のおとっつぁんにまだ、頼み事をしようなんて、あたしって、からっきし意気地がないのよ。でも、もう、それしか思いつかなくて――」

おき玖はさらにむせび泣いた。

「わかります」

大きく頷いた季蔵は、おき玖に倣《なら》って仏壇の前に座った。

「とっつぁん、さと香さんを頼みます」

手を合わせて瞑目《めいもく》した時、

——こっちは相応の裁きを頼むぞ。こんな酷い殺しをする奴を、金輪際、許しておくわけにはいかねえからな——

長次郎の叱りつけるような大声を聞いたように思えた。

——任せておいてください——

季蔵は心の中で応えた。

「泣いてばかりはいられない」

おき玖は涙を振り払うと、

「身寄りのないさと香ちゃんのお弔いの手伝いをしなくては——」

立ち上がった。

「やはり、お父上の時同様、わたしたちが手伝えるのは通夜振る舞いだと思います」

「でも、また、おやこ豆尽くしでは——」

「薬膳素麺と夏甘酒はどうでしょう？」

「薬膳素麺はさと香ちゃんのおとっつぁんへの感謝の想いそのものだから、きっと、いい供養になるわ。夏甘酒って？」

塩梅屋で松次が好んで飲む甘酒は、粥《かゆ》を炊いて米麹《こめこうじ》を混ぜ、発酵させて作る。冬でも夏でも御多分に洩《も》れず熱々を好む。

「さと香さんもお父さんも左党でしたから、甘酒を米麹ではなく、酒粕《さけかす》で作ってみようと思うのです。黒砂糖とすり下ろした生姜も加えます」

「黒砂糖のおかげで、甘みを入れない普通の甘酒より、きっと、甘いんでしょうね。唐辛子が効いてる、ぴり辛の薬膳素麺を食べた後には何よりだわ。それ、もしかして、冷やした方がよくない？」

「熱いと、入っている生姜が舌にひりつくかもしれません」

「夏甘酒作りはあたしが引き受けるわ」

こうして、三吉も手伝って通夜振る舞いが仕上げられ、甚兵衛長屋へと運ばれた。

長屋の人たちは、

「明るい子だったたね。年寄りに親切で、重い物を持ってると、走り寄ってきて手伝ってくれた」

「芸者になっても、気取らない気性でさ、たまに遭うと、〝おじさーん〟なんて、声掛けてきてさ。こっちはいつでも、真っ黒な顔に襤褸《ぼろ》一枚だろ、周りがじろじろ見るんで、きまりが悪かったが、うれしい気もして、〝知り合いなんだよ〟って、大声出して胸張ったこともあった」

「おとっつぁんの先生の方は、ちょいと気むずかしかったよね」

「その先生だって、伍助の祖母《ばあ》ちゃんの薬代のために、あんなことまでしてくれて、命を落としたんだ。そんなこと言ったら罰《ばち》が当たるってもんだ」

「そうだった、すまねえ」

「揃って神様みてえにいい父娘だったよ」

「もう、会えねえんだな」

「あの娘の笑った顔が見られねえとはな――」

「悲しいね」

「辛いよ」

「寂しいな」

しんみりと話した。

横たえられているさと香は眠っているように見える。すでに、もう、華やかな芸者姿ではなかった。

傷が洗われて髪が小さな島田に調えられ、父親と住んでいた頃、よく映った黄八丈《きはちじょう》に着替えていた。

「あたしが哲美ちゃんの旅支度をしたんです。黄八丈は先生が遺《のこ》していった行李《こうり》の中から見つけました。勘当しても、帰ってきて欲しくて捨てられなかったんですね、きっと。あの世でおとっつぁんに会えるんだから、いい旅になるんだろうけど――」

おたみの涙は止まらない。

五ツ（午後八時頃）近くになると、通夜の客が途切れて、季蔵とおき玖、おたみの三人になった。

「もしかして、哲美ちゃん、あたしのせいであんなことになったんじゃないかって思うと、あたし、もう堪《たま》らなくて――」

おたみが季蔵に訴えた。

「おたみちゃんのせい？　どうして、そんな風に思うの？」

おき玖が首をかしげた。

「哲美ちゃんはあたしにもう一度、〝古田のことは、絶対、誰にも話しちゃ駄目よ。たとえ、八十吉《やそきち》さんにでも。あんただけは、幸せになってくれなきゃ困るんだから〟って、念を押してくれました。それで、あたしはその通りにしてきました。でも、時折、古田ってお侍のことが頭に浮かぶんです。あんなどう仕様もない男にも、きっと、おかみさんや子どもがいて、おとっつぁんの死んだことを嘆いてるんだろうって。だとしたら、番屋で亡くなった先生は父親の憎き仇《かたき》、その娘の哲美ちゃんだって、仇の娘ですよね――」

おたみは思い詰めた様子で、まるで、そこに古田の妻子が居るかのように、壁の一点を見つめている。

「おたみさんは古田大膳の家族が、お白洲《しらす》で裁かれる前に死んでしまった先生の代わりに、さと香さんを殺して、仇を取ったと思っているのですか？」

――なるほど、そういう考えもあったか――

季蔵には思いもかけないことだった。

「松次親分は、哲美ちゃんは石で殴り殺されたと言ってました。古田は石に頭をぶつけて死んだんです。似すぎています」

おたみの目が恐怖で見開かれている。

「だから、あたしのせいなんです。哲美ちゃんまであたしを庇《かば》って――」

おたみは両手で顔を覆った。

――なるほど、だが――

「古田に家族がいて、その仕業だとしても、月明かりの中で、顔も確かめずに後ろから石を打ち下ろすとは思えません」

「でも、哲美ちゃんのお座敷着は目立ってて、評判になってたから」

四季折々に、芸者たちが誂《あつら》えて身につける、粋で贅沢《ぜいたく》な着物は、市中の若い娘たちの目を釘付《くぎづ》けにするのが常であった。

「何度かお座敷へ出向く哲美ちゃんを尾行《つけ》て、着物の絵柄さえ覚えておけば、間違うはずはないんじゃないかしら?」

着物は自前であり、芸者たちの間での貸し借りはなかった。

――これは、古田大膳の周りを調べてみる必要があるな――

一番鶏が鳴き、さと香を野辺へ送る日が来た。

とうとう、玉助は姿を見せなかった。

伍助も顔を出さず、昨夜は帰ってこなかったって、お祖母さんの様子を見に行った、うちのおっかさんが言ってました」

おたみが告げた。

滞《とどこお》りなく、野辺の送りが済んだ後、季蔵は番屋に松次を訪ねた。

古田大膳について聞くためである。

「通夜には行ったが、野辺送りは勘弁してもらった。あんな若い身空で黒い土ん中に飲み込まれて、骨になっちまうのかと思うと、たまんなくてな。死んだ女房のことがついつい思い出されちまう――」

「教えてほしいことがありまして」

季蔵はおたみの名は伏せて、古田大膳の家族が意趣返しをしたのではないかという話をした。

「それはまずないね」

すっぱりと松次は言い切った。

「聞いた話じゃ、古田には女房子どもはいねえ。何人も、いたことはいたんだそうだが、酒浸りの上の女道楽だけじゃなしに、殴る蹴るの酷《ひで》え亭主で、祝言を挙げても一月《ひとつき》と持たねえで、みーんな、実家に舞い戻っちまうんだそうだ。古田は常から、〝どうせたいした家禄でもなし、家など残さずとも、俺一人、面白可笑《おか》しく生きてやる〟と市中で言い放《はな》ってたってさ」

「そうさね、御家中じゃ、疫病神扱いだったようだよ。聞いた話と言ったが、話してくれたのは小笠原《おがさわら》家の渡り中間《ちゅうげん》さ。鮨屋《すしや》の屋台であれやこれやとしゃべってるうちに、ちょいと聞いてみたってわけさ。渡りは口が軽いからな」

──疫病神なら、死んで幸いでは？　小笠原家は、なにゆえ、そんな男のために、お奉行を動かしてまで、調べを続けさせようとしたのだろう──

これにはもっと深い何かがあると季蔵は思った。

四

「古田大膳は大酒飲みだったそうなのに、よく、少ない家禄で賄《まかな》えていましたね」

季蔵は古田の背後に探りを入れた。

「好きだったのは、酒だけじゃなく、女もだよ。始終、居酒屋か岡場所に通ってたって話だ。そのために、始終、市中をうろついてカモを探してたんだろうが。女たちにちょっかいを出すだけじゃなしに、町人たちに因縁《いんねん》をつけては、銭を強請《ゆす》り取るのが仕事みてえだったのは知ってる」

知らずと松次は目を怒《いか》らせた。

「でも、上手《うま》くカモが網に掛からない日もあったはずですよ。それで居酒屋や岡場所に通い続けられたとは驚きです」

「あんた、仕官先以外で、古田に銭でも出してる奴がいるとでも思ってるのかい？」

「あり得ないことではないかと――」

「そんなことはねえ」

松次は口をへの字に曲げて、

「古田は侍だっていう身分のせいで、毒虫みてえな奴だったてぇのに、誰も、十手持ちの俺たちだって、強請ってるとこをふんづかまえない限り、手出しできなかった。市中のみんなは、あいつがいなければいいと思ってたはずだ。だから、たとえ、古田を飼ってた奴がいたとしても、この市中にはいねえ。いてたまるもんか」

挑み掛かる口調になった。

――松次親分がここまでムキになるのは、古田大膳が紐《ひも》付きだったと、薄々感づいているからなのだろう――

「ありがとうございました。古田に家族がいないことがわかればそれでいいのです」

辞して背中を向けた季蔵に、

「昨日の通夜振る舞いだが、辛いもんと酒にからっきし弱い俺には、ちょいと酷だったよ。情けねえことに、俺は酒粕でも酔っぱらうんでね。好きな奴が美味《うま》そうに食ってるのが癪《しゃく》の種だった。次は俺の好物を頼む」

松次の苦情が聞こえた。

――これで古田の家族による意趣返しではないとはっきりした――

暮れ六ツの鐘はとっくに鳴り終えている。

――おたみさんにこの事実を話すのは明日でいいだろう――

季蔵は走るようにして木原店《きはらだな》へと帰ると、

「お奉行様が離れでお待ちよ」

おき玖が待ちかねていた。

季蔵は鯖料理を幾つか、作りはじめた。

すでに、しめ鯖は仕上げてあった。

しめ鯖作りには時がかかる。まず、三枚に下ろした鯖に塩をたっぷり振って、一刻（二時間）ほどおく。

その間に酢、砂糖、醬油、塩、昆布、唐辛子で漬け酢を作る。

塩で身がしまり、臭みも抜けた鯖を流水で洗い流し、布巾《ふきん》で水分を取る。この時、腹骨も取り除く。

漬かり具合の好みは人によって異なる。三刻（約六時間）ほどの浅漬かりを好む向きもあったが、生魚好きのはずの烏谷《からすだに》は、意外にも、半日以上、しっかり、漬かったしめ鯖を好んだ。

しめ鯖を中心に、下ろした夏大根と醬油で食す塩焼き鯖が二品目で、ほぐした塩焼き鯖の身と、春菊のみじん切り、小指の先ほどの千切りを胡麻油で炒《いた》めた独活《うど》を、炊きたての飯に混ぜ込んだ鯖飯で上がる。

鯖は脂が強く、尽くしにして食べては身体に障《さわ》るというのが、先代からの申し送りであった。

ちなみに鯖料理に限って、長次郎は日記に、〝料理は鯖の数ほどある、工夫せよ〟とだけしか、書き残していなかった。

「たかが鯖、されど鯖じゃ」

烏谷は上機嫌で膳についた。

――お奉行様はすでにさと香さんが殺《あや》められたことを御存じのはず――

「いい時に来たな」

まずは、しめ鯖の漬かり具合を褒めた。

「早すぎると、まだまだ生臭い」

次に塩焼き鯖に取りかかって、

「夏大根の辛味と鯖の脂、醤油の相性が抜群だ」

最後の鯖飯については、

「鯖、春菊、独活――クセのある取り合わせがよい。如何《いか》にもそちらしい」

ちらりと横目で季蔵の顔を見た。

「クセがお好きなのは、そもそもお奉行様ではありませんか？」

季蔵はあえて、挑発に乗った。

「ほう、わしがクセ者だというのか？」

鳥谷は、はははと天真爛漫《らんまん》な笑い顔の中に、細くなった両目を埋めた。

「古田大膳について調べました」

「ふむ」

「お家の疫病神だと言われていた、嫌われ者の死について、小笠原家がお上の御重臣方を動かされるとはとても思えません」

季蔵はきっぱりと言い切った。

「ならば、わしが偽りを申して、そちや町方役人に糾明を命じたというのか？」

鳥谷はしょんぼりと肩をすくめて見せ、

「この鳥谷椋十郎《りょうじゅうろう》、嘘つきと思われたとはな――」

情けなさそうに大きな目を瞠《みは》ったが、

「そうとしか考えられません」

季蔵は動じなかった。

すると、

「いやはや――まいった、まいった」

また、わははと笑って目を筋にして、

「手強くなったのう、そちも――」

もう一度、笑い声は立てたものの、顔に笑いはなく、目の光は鋭かった。

「わたしや町方役人を偽った真意をお聞かせください」

「まだ、早い」

「しかし、こうして、わざわざおいでになったのは、たいして珍しくもない鯖料理がお目当てではありますまい」

「萩谷正文の娘が殺された話は聞いた」

烏谷は渋々話し始めた。

「古田大膳は、以前、さと香という源氏名の萩谷の娘に執心していて、すげなく、断られていたという。さと香は気の強い女で、往来で、はっきり、顔も見たくないと古田に言って、恥を掻《か》かせたこともあったそうだ。萩谷正文の捕縛を聞いたときは、さと香が勘当を解いてほしくて実家《さと》に行った帰り、恨み半分、助平心半分で尾行《つけ》てきていた古田に絡まれ、揉《も》み合っているうちに、あんなことになったのではないかと推量していた。これに気がついた萩谷が娘の罪を被《かぶ》ったのだと――」

――さすがお奉行様だが――

娘の咎《とが》ではなく、幸せになろうとしている教え子の咎であったことまでは、烏谷は知り得ていなかった。

――よかった。この秘密だけは、おたみさんの幸せを信じて亡くなった、萩谷先生やさと香さんのためにも、断じて、守り通さねばならない――

「とはいえ、萩谷正文でも、その娘でも、古田殺しの下手人としては意外すぎた。狐《きつね》に化かされたような顚末《てんまつ》とはまさにこのことだった」

「お奉行様は古田殺しに別の下手人を当てていらっしゃったのですね」

「もちろん」

「それで、わたしたちにあんな嘘を――」

「嘘はもう止《や》めてくれ、方便にすぎぬ」

「別の下手人というのは、小笠原家ではない、古田の別の稼業の雇い主のことでしょう?」

「古田は並みのごろつきではない。小遣い銭欲しさに、市中をうろつき回っているだけではないとわしは前から睨んでいた」

「お奉行様がわたしたちに探させたかったのは、古田の悪行の元締めだったと?」

「その通りだ。探っていけば、必ずや、そ奴の手掛かりが摑《つか》めると確信していた。それが、何とも、思いがけぬ流れになってしまっていたが、ここへ来て、やっと、敵は尻尾《しっぽ》を見せたのだ」

烏谷は興奮のあまり、頰を紅潮させた。

――そのきっかけが、さと香さん殺しだったとは――

季蔵はぎらぎらしている烏谷の目から顔をそむけた。

「器量好《よ》し、気性好しで、さと香はたいそう評判のいい娘だったと聞いている。そちはさぞかし、心を痛めていることだろう」

「ええ、まあ」

──まさか、それを案じて来られたのではあるまい──

「しかし、人は得てして、情に傾きすぎると、見えるものも見えなくなるものだ」

「もしや、お奉行様はさと香さんが、悪行の片棒を担いでいた、とお考えですか？」

「殺されたとなると、あり得ぬことではない。萩谷は娘の悪行を庇い通したのかもしれぬぞ」

──それだけは違います──

季蔵は心の中で叫んだ。

「罪を犯す者たちの中には、善人のふりをしていて、裏では悪人であることもある。芸者だったさと香は、金の匂いがする男たちに取り囲まれていたはずだ。くっついていた玉助は甲斐性がなかったそうだし、さと香が金に惑わされていなかったという証は無い。親しすぎたそちには、この調べ、重荷ゆえ、決して立ち入ってはならぬ。町方役人に任せろ。よいな」

烏谷はそう告げて立ち上がった。

この夜、季蔵は死んださと香の夢を見た。生きていた時と変わらず、無邪気に、〝玉助さん、大好き〟と呟いていた。

五

塩梅屋では、鯖料理が品書きに載るようになると、秋刀魚《さんま》同様賄いにもこれが出る。

この日の昼時、季蔵は椀物と揚げ物の二種を作った。

椀物は鯖の餡《あん》かけである。

これは二等分した鯖の半身に飾り包丁を入れ、水、生姜、塩を沸騰させた浅鍋に並べて、落とし蓋をしてじっくりと煮付ける。

鯖を取り出した煮汁に、水溶きかたくり粉でとろみをつけてから、椀の鯖にそっとかけ、千切りの生姜を飾って仕上げる。

「まあ、上品な鯖料理」

おき玖はため息をついた。

揚げ物の方は、さまざまな魚でも作られる竜田揚《たつたあ》げである。

下ろした鯖を一口大に切り、酒、醬油、味醂に漬け込み、かたくり粉をまぶし、薄く胡麻油を引いた鉄鍋で両面を焼き、芥子《からし》を添えて供す。

「へ、揚げ物なのに油で揚げないの？」

「鯖や秋刀魚は脂が多いから、天麩羅《てんぷら》のように揚げると、しつこすぎて腹にもたれる。脂はほどほどが美味い」

季蔵は目を丸くしている三吉に教えた。

三人が出来上がった鯖の賄いに舌鼓《したつづみ》を打っていると、

「ごめんくだせえ」

松次からの使いの者が戸口に立った。

「親分がすぐに番屋へ来てもらいてえそうです」

「わかりました」

箸を置いた季蔵は番屋へと駆けつけた。

「めんどうかけたな」

番屋で出迎えた松次は身体をずらして、土間の筵《むしろ》に目を遣った。

「あれは？」

「まあ、見てみな」

手を合わせてから、屈《かが》み込んで筵を剝《は》ぐと、見たことのある顔が骸になり果てていた。

「これは玉助さん——」

「そうなんだ」

松次は相づちを打ち、座敷に上がっていた田端が石を手にして土間へと下りてきた。

「さと香の骸があった永久橋を渡った箱崎町一丁目で見つかった。明るいうちは荷を積んだ船が行き来して荷揚げ人足《にんそく》が大勢いるが、夜となれば蔵ばかりが目立つとこだ。おまけに蔵の裏は、お大名のお屋敷。二人っきりになりてえ連中には、おあつらえのとこってわけさ。見つけたのもそんな連中さ」

「これは殺された骸です」

季蔵はきっぱり言い切った。

後頭部から血を流しているだけではなく、脇腹が大きく抉《えぐ》られていた。

「昨日、今日、殺されたのではありません。時も経《た》っています」

骸は皮膚が紫色に変わりつつあった。

「その通りだ。呼んだ医者も同じことを言っていた」

田端は満足げに頷いて、

「骸の近くにはこんなものが落ちていた」

手にしていた石を見せた。

「石に血の痕《あと》が——。さと香さんの時と同じです」

「おまえ、これをどう思う？」

田端の目は季蔵の顔にぴしりと据えられている。

「さと香さんと玉助さんは、同じ者に殺されたのだと思います。あんな寂しい場所に行ったのは、二人が待ち合わせをしていたからでしょう。さと香さんの場合は、一殴りで止《とど》めをさすことができたものの、玉助さんの時は、そうは行かず、抵抗されたため、刺し殺すしかなかったのでしょう」

「玉助の懐からも財布は無くなってた。追いはぎの仕業だと思うか？」

「いいえ。永久橋を挟んで北と南ですが、目と鼻の先ではありません。追いはぎが、一回の仕事で、場所を変え、二人もの命を奪ってまで、財布を狙《ねら》うとはあまり思えません。それに、何より、さと香さんの髪飾りやお座敷着、この玉助さんの着ている紬《つむぎ》もたいした物です。追いはぎなら、身ぐるみ剝ぐのではないかと——」

「ってえことは、顔見知りが殺《や》ったってことかい？」

松次が口を挟んだ。

「わたしはそのように思います」

「俺は玉助が怪しいと睨んでたんだがな」

「わたしもそう思っていました」

「そいつがこうなっちまうと、とんと、手掛かりが——」

松次は首をしきりにかしげた。

「先ほど、おまえは二人は待ち合わせをしていたはずだと言ったな。では、どうして二人は別の所で殺されたのだ？」

季蔵に向かって田端の鋭い声が飛んだ。

「顔見知りは二人が落ち合えないよう、どちらかに別の場所を教えたのです」

「一人ずつ確実に殺すためか？」

すぐに田端は察して、

「二人が死んでいた所が、そこそこ近いのもそのためなのだな」

季蔵は頷いた。

「ならば、二人と親しく、使いをしていた者の仕業となる。心当たりはないか？」

その日は瞬《まばた》き一つしなかった。

この時である。

「お邪魔します」

腰高障子の開く音がして、

「何？　この臭《にお》い？　まあ、玉助さん――」

入ってきたおたみが土間の隅でうずくまったのを見て、

「大丈夫ですか？」

季蔵はそばに寄って、声をかけた。

「伍助さんにも知らせたいのですが、居所がわからないのです。知っていますか？」

「もう何日も帰ってきていません。寝ついている伍助ちゃんのお祖母さんが案じて、具合が日に日に悪くなるんで、もう、見てはいられません。それで、あたし、何とかしてほしいって思って、ほんとに、ほんとに、思い切ってここへ来たんです」

おたみの声が掠《かす》れた。

ぜいぜいと荒い息をしている。

――まだ、あの隠し事が堪えているのだ――

「そのお願いはわたしからしておきますから、ここはひとまず帰りましょう。大丈夫です。伍助さんは必ず探し出します」

おたみを甚兵衛長屋へ送って後、季蔵は店に戻った。

夜更けて、烏谷から以下のような文が届けられていた。

――我が耳地獄耳にして、我が目は節穴にあらず。さと香、玉助殺害の件、顔見知りの伍助を下手人と見なす。手出し無用――

烏谷

こうして、さと香、玉助殺しの下手人と見なされた伍助の行方が総出で探された。ただし、伍助の足どりは番屋でおたみと別れてからぷっつりと消えている。姿を見たという者もいなかった。

――この件については、お奉行様に止められている――

次の日、季蔵は、動き回ることができないのを悔しく思いながら店で立ち働いていると、

「お邪魔します――」

真っ青な顔のおたみが、よろめく足どりで店の前に立った。

「伍助ちゃんが、伍助ちゃんが――」

「まあ、落ち着いて」

肩を抱いて招き入れたおき玖が、湯呑《ゆの》みの水を飲ませた。

「伍助ちゃんがあの銀杏《いちょう》の木、杉森稲荷《すぎのもりいなり》神社の銀杏の木で、く、首を吊って――、い、今、お役人から聞いたとこで――。あ、あたしはもう信じられなくて、信じたくなくて――」

おたみの気力はそこまでだった。

がくりと首を垂れて気を失ってしまった。

「行ってきます」

季蔵は杉森稲荷神社へと走った。途中、おたみのものと思われる、百合《ゆり》が象《かたど》られた平打《ひらう》ちの簪《かんざし》を拾った。

――堪らずに懸命に走ったせいだろう。高価で大事なものだろうから、落としたままにならなくてよかった――

神社に着くと、

「今日は呼んでねえぜ」

松次は金壺眼《かなつぼまなこ》を精一杯三角にした。

「おたみさんが報《しら》せてくれました。まあ、さと香さんはお馴染みさんだったので、下手人をこの目で見届けるのも供養だと思ったのです。すみません」

「仕様がねえな」

松次は吐き出すように言って、そっぽを向いてしまった。

伍助が首を縊《くく》っていた銀杏の木は、おたみが命を絶とうとしたあの銀杏の木である。

季蔵はぶらさがっている伍助を見上げた。大きな銀杏の木は枝までの高さが相当あるのだが、伍助が選んだのは、一番低い場所にある枝から三番目である。

――おたみさんは、ようやっと手の届く、一番低い枝を選んでいた。小柄な伍助はおたみさんと同じぐらいだというのに、どうして、わざわざ、あんな高い枝を選んだのか――

「よし、下ろせ」

田端がのそりと姿を見せて、松次が大声で叫んだ。

六

伍助の曲がらない手足を確かめた松次は、

「こりゃあ、間違いなく、昨日の夜にぶらさがってまさあ」

田端に告げた。

人は死後、一刻ばかりで硬直が始まり、四日近く経たないと緩まぬものである。

松次が懐からはみ出している財布を引き抜いた。

女物と男物である。女物の方には季蔵も見覚えがあった。

各々《おのおの》の財布の中には、縁結びで名高い神田明神《かんだみょうじん》で売られている、揃いの守り袋が入っていた。

松次は入っていた銭を数え始めた。

「女物に二朱と銭少し、男物に一朱と五十文、ずいぶんとしけてるが、病みついてる祖母さんの薬代にはなるな」

――花蝶が渡した、さと香さんの弔い金一両はどこに消えたのだろう――

季蔵は首をひねった。

「この通りなんで、覚悟の首縊《くく》りさ」

「覚悟の縊死《いし》にしては、目も当てられぬ形相《ぎょうそう》だ」

田端は伍助の顔を凝視した。

目は見開いて飛び出し、鼻や口から血が噴き出している。

「海の向こうから渡ってきた骸調べの書に、〝無冤録《むえんろく》〟というものがある。これによれば、首縊りの骸が、赤鬼のような顔をしていたら、殺《あや》められた証とある。覚悟の首縊りでは目は閉じられていて、口から歯や舌が見えているとある」

「ってえことは、こいつはどっかに身動きできねえようにされてて、とうとう、昨日の夜、殺されて吊るされたってわけですかい？」

松次はぎょっとして目を剝いた。

「お許しを」

季蔵は道すがらに拾った平打ちの簪を取り出すと、苦悶《くもん》に歪《ゆが》んで血を流している伍助の口に差し入れた。

またたく間に簪の銀色が黒く変わる。

「へえ、毒で殺して吊るしたってかい？」

「そうではありません。下手人は強い眠り薬を使って、掠《さら》った伍助を眠らせていたのです。そのまま吊るして殺そうとした時、薬が切れて目を覚まし、逃れようとして、伍助が暴れたので、袖口か、布きれでも押し当てて息を止めたのでしょう」

——掠われ、囚《とら》われ、殺される。伍助は何度も恐ろしい想いをしている。何と酷い殺し方なのだろう——

季蔵は下手人への怒りで胸が震えて、

「この一件には真の下手人がいます。そいつは伍助さんを殺して、すべての罪をなすりつけようとしているのです」

伍助がぶら下がっていた銀杏の枝を見上げた。

——高い場所に吊るしたのは、伍助の骸が目立って、早く、見つかり、罪人の死をもって、真相を闇に葬りたかったからだ——

季蔵は矢も盾も堪らず、

「親分、田端様、これは下手人探しになるのでしょう？」

すると田端は、

「死に顔と眠り薬だけでは確たる証にはならぬ。吟味役は薬代欲しさに二人を殺し、追い詰められた伍助が、家に近いこの杉森稲荷神社で首を縊って果てたと見なすことだろう」

うつむいてしまい、

「ようは伍助の自裁で一件落着ってことさ。古田の時は、あれほど騒ぎ立てたってえのにな」

松次は悔しそうに唇を噛《か》んだ。

——手掛かりは消えた一両だけだ。何としても、この一両の行方を追わねば——

季蔵が神社を出ようとすると、

「おこんさんですよ、おこんさん、伍助の祖母《ばあ》ちゃんのお通りですよ」

四十歳絡みの女は、何かと世話を焼いているという、おたみの母親であろう。ふっくらと丸い顔に散らばっている、わりに整った目鼻口が娘とそっくりだった。白髪《しらが》頭の老婆を背負って、横たえられている伍助の骸へと近づいてきた。

「祖母ちゃん、ほら、伍助だ」

女は地べたに膝《ひざ》を突いた。

転がるようにして背中から下りた、おこんの小さな身体が骸に取りすがる。

「伍助、伍助」

頭を抱いて泣きじゃくっている間中、周りの者たちはしんと静まりかえっていて、しわぶき一つ洩らさない。

田端と松次も同様である。

「祖母ちゃんは可愛《かわい》い孫の帰りをどんだけ、首を長くして待ってたか——。今、すぐ、引き取ってってていいんですよね？」

おたみの母親はおこんの胸中を察して念を押したが、

「悪いが決まりで一度は番屋に運ぶ」

松次は言い切って、戸板の用意をさせた。おこんから引き離された伍助の骸が戸板に乗せられて、遠ざかって行く。

「伍助、伍助——」

おこんは力の限り叫んで、

「おまえは人殺しなんかじゃない。あたしは知ってる。人殺しは別にいる、あたしは知ってる」

「だ、駄目だよ、おこんさん、そんなことまで言いだしちゃ――」

あわてたおたみの母親が止めるのを振り切り、追いかけようとして、足がもつれ、その場に崩れ落ちた。

駆け寄った季蔵は、

「わたしが長屋までお連れします」

おたみの母親に代わって、おこんを背負った。

家に入ると、季蔵はおこんを布団にねかせ、まずは、湯を沸かし、

「はったい粉と黒砂糖があったので、練ってみました」

茶と一緒に勧めた。

はったい粉は大麦を炒《い》って挽《ひ》いた粉で、黄粉《きなこ》よりも香ばしく、麦焦《むぎこ》がし、香煎《こうせん》とも呼ばれている。湯で練って、砂糖を加えるだけの簡素な菓子である。

「こんなもん、食べたら伍助を思い出しちまうじゃないか」

おこんは起き上がったものの箸を取らなかった。

「食べないと、伍助さんの無実を見届けられなくなります」

季蔵は確信ありげに言い切った。

「あんた、お上のお手先かい？」

頷いた季蔵は、

「お上の目も節穴ではありません。どうして、さっき、人殺しは別にいると言ったのか、話してくれませんか？　何か心当たりでも？」

「もとをただせばあたしが悪いんだよ。あたしさえ、こんな穀潰《ごくつぶ》しみたいな病に取り憑《つ》かれなけりゃ、あの子に苦労をかけることもなかったんだから。一番悪いのはあたしだけど、次に悪いのは玉助さ」

「兄貴と呼んで親しくしていましたね」

「玉助もここに居る頃はそう悪い子じゃなかったんだ。子どもの時から、ちょいと役者に似ている顔のせいで、娘たちがほいほいするもんだから、調子に乗ってるとこがあったぐらいで——。悪くなったのはここを出てって、何年かして、挨拶に来た時からだったよ。何っていうか——調子のいいことばっかし並べ立ててるんだけど、うわべだけって感じがした。大事なのは遊び暮らすための銭だけなのさ。あいつときたら、不思議にどこからか、銭が湧《わ》いてくるとこを知ってるんだ。そんなとこ、底なし沼みたいにおっかねえに決まってるだろ？　だから、萩谷先生んとこのお嬢さんが、あいつのために芸者に身を売ったって聞いた時には、先生が気の毒で涙が止まらなかったよ。もちろん、伍助にも、決して、玉助とは深づきあいするなって、始終言って聞かせてた。だけど——やっぱり、あたしのせいなんだよ。あの子はあたしの薬代のために、あんな奴を兄貴だなんて呼ぶようになっちまって、訊いても、〝大丈夫、大丈夫、危ねえことなんてしてねえ。先生んとこのお嬢さんと兄貴の取り次ぎ役を、ちょこっとやって、時々、駄賃を貰《もら》ってるだけなんだから、心配はいらねえ〟って――」

おこんの頬から悔し涙が流れ落ちた。

「取り次ぎで、さと香さんと玉助さん以外の心当たりは？　さと香さんという金蔓だけでは、たとえ、借金は返せても、玉助さんが遊び暮らすことはできなかったはずです」

「玉助兄貴には、腹違いの血を分けた遣り手の兄貴がいて、袋物問屋の竹田屋越蔵《たけだやえつぞう》んとこの大番頭をしてる、だから、大船に乗っていられるんだって言ってた。それで、あたし、絶対、後ろには――」

きらっと光った目で、おこんは先を続けようとしたが、げほっげほっと急な咳《せ》き込みに襲われた。背中をさすった季蔵は、

「わかりました。おこんさんの無念はきっと晴らします。ですから、今はお休みくださ い」

再び、おこんを横にならせて、夜着を掛けた。

「お願《ねげ》えしますよ。きっとですよ。伍助が無実とわかるまでは死ねねえ。少し休んで、咳が落ち着いたら、これを食べて頑張るよ」

おこんは、湯練りのはったい粉が盛られた椀を引き寄せた。

「これ、伍助の大好物だったし――」

「ありがとうございました」

塩梅屋に戻ると、すでにおたみの姿はなかった。

「おたみさんは？」

「あら、向こうで会わなかった？　あれからすぐに、おたみちゃん、季蔵さんを追いかけてったのよ。気落ちしてる病人のおこんさんのことが、気になるからって――」

おき玖は不安そうな面《おも》持ちになった。

七

翌朝、案じた季蔵は甚兵衛長屋へ寄った。

井戸端では女たちが、ひそひそ声でおたみの話をしていた。

「今度はおたみちゃん」

「また？」

「昨日の夜から帰って来ないんだそうだよ」

「嫁入り前だってえのにね」

「滅多なこと言うもんじゃないよ。おっかさんのおしかさんに聞こえるじゃないか。気の毒なんだから――」

「どうして、このところ、ここで、人が殺したり、殺されたり、いなくなったりするのかね」

「くわばら、くわばら。引っ越そうかな。この長屋は憑き物がついちまったのかも――」

おたみちゃんも今頃――」

「しっ、馬鹿、いい加減、お黙りったらお黙り」

そこで油障子がすっと開いて、おたみによく似た母親が顔を見せた。

「皆さん、ご心配をおかけしてすいません」

窶《やつ》れた顔の真っ赤な目は一睡もしていない証《あかし》であった。

「おたみさんには、うちのお嬢さんが親しくしていただいております」

贔屓《ひいき》客でもないおたみとの関わりは、何とか方便で切り抜け、名乗ると、

「塩梅屋さんのお嬢さんは、おたみの仕立物のお客さんなんですね。お世話になってます。あたしは母親のおしかです」

おしかは深々と頭を下げた。

「はい。たまたま通りかかって。ところで、おたみさんが戻らないそうですが――」

「そうなんですよ」

おしかは目を伏せた。

「いつから？」

「昨日、おこんさんのとこの伍助ちゃんの骸が神社で見つかった時、おたみは〝どうしても、報せたい人がいる〟って、どこへ行くとも告げずに走って出て行きました。それから帰ってきません」

――わたしのことだ――

「二、三、女友達や仕立物のお客さんの家に聞いてみましたが、来てはいないそうです」

「心当たりは？」

「ご心配ですね」

「ここにいる皆さんにまで心配をかけて、申しわけなく思ってます」

「八十吉さんには報せましたか？」

——母親同様、許婚《いいなずけ》も案じるはずだ——

おしかは黙って首を横に振って、

「ふしだらな娘と思われたくないので——。あの娘のためです」

きっぱりと言い切った。

——たしかに母親ならではの配慮だが、今はそんなことより、おたみさんの身が案じられるはずでは？——

「八十吉さんがそうだとは言いませんが、勝手放題に遊ぶくせに、女の身に何か起きるとうるさいのが男ですからね」

おしかは口を真一文字に引き結んで、とりつくしまがなくなり、

「あたしは信じて待ちます。娘はきっと元気で帰ってきます」

井戸端で手桶《ておけ》に水を汲《く》み上げると、家に入ってしまった。

この日、季蔵は店で仕込みを続けながら、甚兵衛長屋の女たちの一人が口走った言葉に拘《こだわ》っていた。

――どうして、このところ、ここで、人が殺したり、殺されたり、いなくなったりするのかね――

気がつくと心の中で繰り返している。

――これは、やはり――

烏谷に報せるべきだと、文をしたためようと思いついたところに、

「邪魔をする」

戸口から巨漢がのそりと入ってきた。

まだ、八ツ時（午後二時頃）前であった。

「また、長次郎《ちょうじろう》に会いたくなった。今日は茶も酒も料理もいらん」

烏谷は離れへと向かった。

――よほど急を要することなのだ――

季蔵が後を追うと、仏壇にはすでに線香の煙が揺れていた。

「止めておけと申したのに、よくも立ち入ってくれたな」

言葉とは裏腹に烏谷の目は笑っている。

――おそらく、こうなることを予想していたのだろう――

「勝手をいたしましてすみません」

形だけ詫《わ》びた季蔵は切り出した。

「お話をお聞かせください」

「竹田屋越蔵と番頭の沢太郎《さわたろう》、そちのことゆえ、もう、これらの者の名を耳にしているかもしれぬな」

「竹田屋の番頭が、殺された玉助の異母兄だということは知っていますが、沢太郎という名は、今、初めて知りました。竹田屋越蔵についても、袋物問屋であるとだけ聞いています」

季蔵は教えてほしいと目で乞うた。

「わしも竹田屋越蔵は知らぬ。だが、二十年近く前に、あの虎翁《とらおう》の元で働いていた越蔵なら知っている」

表向きは高級京菓子屋の隠居のように見せていた虎翁は、市中の御定法外、つまり、商《あきな》いや政《まつりごと》に関わるすべての闇と悪の仕切り人であった。

その虎翁が逝って後、まだその座には誰も座っていなかった。

「虎翁の手下の越蔵が、竹田屋越蔵になったと？」

「竹田屋は袋物問屋に見せかけているだけだ。主に、女の斡旋《あっせん》で繁盛《はんじょう》している」

「それならば何も、斡旋などせずとも――」

――吉原や岡場所があるではないか？――

「男にとって、女房は怖いものだが、それでも、初々《ういうい》しさそのものの若い娘に血道を上げる者は多い。ただし、芸者や茶屋娘は置屋や茶屋を通すと高くつく。そこで竹田屋の出番だ。竹田屋に頼むだけで、誰にも知られず、後腐れも残さず、こっそり遊べるとなれば、これほど便利なものはない。女たちの手元にも、置屋や茶屋を通すよりも、高い銭が渡るとなれば、そう悪いことはしていないと、竹田屋は申し開きするだろう」

――これがさと香さんのもう一つの顔だったのだ。さと香さんに限らず、若い芸者や茶屋娘たちが餌食《えじき》にされていたとは――

季蔵は堪らない気持ちになったが、

「芸者や茶屋娘だけでは数が知れている。往来で、これぞと思う、素人《しろうと》娘にも声を掛けていたはずだ。それが役者顔の玉助の仕事だったが、玉助だけで足りていたとは思えない。古田大膳が竹田屋に出入りしていたという話を聞いた」

「あの古田が仲間だったと？」

――ならば、古田が玉助同様、遊び暮らせたのも得心がいく――

「いかにもその通りだ。あそこまで女好きの古田なら、この仕事が立派に勤まったろう」

烏谷はにやりと笑った。

――古田がおたみさんに言い寄っていたのは、さらなる、企《たくら》みあってのことだった。もしや、その企みがまだ続いているとしたら、おたみさんは連れ去られたのかもしれない。大変だ、早く助け出さないと――

季蔵は知らずと眉《まゆ》をしかめた。

「どうかしたか？」

気がついた烏谷に、季蔵はおたみがいなくなってしまった経緯を話した。

「急がねばならぬな」

「わたしを竹田屋へ遣わしてください」

「その言葉を待っていたぞ」

烏谷は大きな丸い目をぐるぐると回して、

「今から、生き身鯖を竹田屋まで届けてくれ」

「生き身鯖、しめ鯖でございますか？」

「いや、ちと早い鯖代がわりとする」

鯖代とは七夕の前日、将軍家へ鯖代と称して、御三家を初めとする諸大名が金、銀を送る行事である。

江戸開府当初は旬の鯖が塩漬けにされ、足利《あしかが》将軍時代からのしきたり通り、頭の付いた生身魂《いきみだま》の刺し鯖として、献上されていたが、これにも、〝黄白《おうびゃく》〟と呼ばれる金銀が添えられていた。

「神君家康公の治世にあやかることにするが、辛いだけの塩漬けの刺し鯖では美味からぬゆえ、鯖の刺身、稀少な生き身鯖としたい」

「しかし、ただでさえ腐りやすい、鯖の刺身ともなりますと、獲《と》れたてでないと――」

しめ鯖にしても、揚がって一日以上経った鯖は使えない。

「そこが狙いだ。鯖は明日の朝、まだ暗いうちに水揚げしたものを竹田屋へ届けさせる。生鯖が届いたら、すぐに料理するのが生き身鯖の進物ゆえ、使いの料理人を厨にでも泊まらせよと、わしが文にしたためておく。そちはそれまで竹田屋で寝ずに待て」

「わかりました。竹田屋越蔵と沢太郎を探ります」

――何としても、おたみさんの行方を掴まなければ――

「竹田屋越蔵の始末について、心しておいてほしいことがある」

烏谷は声だけは潜め、大きく目を瞠《みは》って眉を上げた。

――これはただ事ではない――

季蔵は背筋を伸ばして身構えた。

八

「竹田屋越蔵や番頭の沢太郎に縄を掛けることはできぬ」

烏谷は言い切った。

「なぜでございます？　古田大膳や玉助を使っての斡旋業が悪行だったという証は、惚《とぼ》けられて示せずとも、さと香、玉助、伍助殺しは追及できるのではないかと――」

季蔵は伍助が花蝶の女将から受け取ったはずの弔い金の話をして、

「いったい一両がどこに消えたのか、問い糺《ただ》すこともできましょうに」

「何度も言わせるな、竹田屋と沢太郎は白洲では裁けぬ」

烏谷は語調を強めた。

「わかりません」

「そちは先ほど、虎翁の手下の越蔵が竹田屋になったのではないかと申したな」

「はい」

「竹田屋はかつての虎翁ほどではないが、力を蓄え始めている。竹田屋一味に縄も掛けられず、白日の下で裁けぬのは、それをしては困る輩《やから》がわんさとおるからだ。そういった輩たちは、金にあかして物事を動かしていて、むろん、政にも立ち入ってきている。触らぬ神に祟《たた》りなし、世には裁くとかえって火傷《やけど》をする悪もある」

「わたしは見逃せません」

季蔵はこの時、

——〝おたみちゃんだけは見つけて、助けてやって。あたしの分まで幸せになってほしい〟——

切々としたさと香の声を聞いたような気がした。

——竹田屋たちの悪行は許せない——

「よかろう」

烏谷は意外に朗らかに笑った。

「裁きはそちに任せる」

そして、この後、

「実は誰も竹田屋越蔵の顔を見た者はおらず、無論このわしも知らぬのだ。ただ、わしの知っている越蔵は、ただ、女にだらしがないだけの気弱な男で、虎翁の機嫌ばかり窺っていた。見目形がよかったせいで、女に好かれていたが、それが色好みで誰よりも女に好かれたい虎翁の悋気をかった。いつだったか忘れたが、越蔵の姿が見えないので、虎翁に聞いてみたところ、〝あいつなら女と逃げおった〟と、憎々しげに虎翁は応え、二度と越蔵の話はしなかった」

ふと思い出したように告げた。

烏谷は竹田屋越蔵に宛てて、鯖代進呈の文をしたため、これを手にした季蔵は、

「急にお奉行様のお供をすることになりました。今夜はよろしくお願いします」

おき玖に言い置くと、竹田屋へと向かった。

気のせいか、時季が来ているのか、深い闇が暖かい。

文を手にしてる季蔵は、珍しくゆっくりと歩いている。

――今頃、お奉行様からの遣いの者が、これとほぼ同じ文面を竹田屋に届けていることだろう――

店仕舞いしたはずの竹田屋の店先には、煌々《こうこう》と灯《あか》りが点《とも》っている。

「お邪魔いたします」

声を張ると、

「お待ちしておりました」

静かに潜《くぐ》り戸が開けられた。

「お奉行様の命《めい》でまいりました」

あえて名乗らなかったのは、烏谷の文に、松高屋《まつだかや》玄蔵《げんぞう》と、異なる自分の名が書かれていたからである。

「料理人の方ですね」

沢太郎と思われる、色白でのっぺりした男が念を押した。

目が糸のように細く、表情らしきものはほとんど見あたらない。きっちりと襟を合わせた縞木綿《しまもめん》のお仕着せだけは、なぜか、よく似合っていて、まるで、番頭の鑑《かがみ》のように見える。

「左様でございます」

「てまえどもがお奉行様から鯖代を賜《たまわ》れるとは、願ってもない光栄の極みでございます。主《あるじ》もさぞかし喜ぶことでしょう」

「旦那様にも、ご挨拶をさせていただければと――」

季蔵は越蔵に会いたかった。

――どんな奴なのか、見極めなければ――

「そろそろ旅先から戻る頃なのですが――」

「お留守でしたか――」

季蔵は失望を隠すためにうつむいた。

「ですので、鯖代は生き身鯖でなくともよろしいのです」

沢太郎の細い目が、ふっと笑ったように見えた。

――やはり、来たな――

鯖代を当世流に金銀に替えてしまっては、生鯖の水揚げを待って、刺身に仕上げる手順が無用になり、季蔵がここに泊まり込む必要などなくなる。

「鯖など珍しくもなく、腐りやすいだけの魚です。ですので、この際、生き身鯖をとの、お奉行様の有り難いお心だけ頂戴することにいたしてはと――」

なおも沢太郎は言い募った。

「わたくしの存じておりますお奉行様は、手厚いお方の上、凝り性で律儀、どうしても、生き身鯖を賞味していただきたい、その上で鯖代をお届けしたいと仰せられているのです」

季蔵が淡々と告げると、

「後での鯖代は間違いないのでしょうね」

やはり、また沢太郎は念を押してきた。

「間違いございません」

言い切った季蔵は、

「一晩、厨をお借りしてよろしいでしょうか」

店の奥へと目を走らせた。

「わかりました」

渋々頷いた沢太郎は、

「どうぞ、こちらへ」

狭く長い廊下を歩き出した。

こうして季蔵はひんやりとした厨に招き入れられた。

「うちの奉公人は皆、通いですので、夜はおりません。茶もさしあげられませんが、どうか、ごゆっくり」

沢太郎は精一杯の世辞を口にして立ち去った。

――これは驚いた――

季蔵はがらんとした厨を見回した。

埃《ほこり》こそ被《かぶ》っていないが、鍋、釜、皿小鉢の類《たぐい》が並んでいるだけで、どう見ても、使われた様子のない厨だった。

――主越蔵はよほど外食いが好きなのだろうか？――

そうだとしても、通ってくる奉公人たちや沢太郎の分の賄いは、どうしているのかと気にかかった。

――そもそも、こんなところに奉公人など雇われているのだろうか？――

点けられていた灯りのせいで、目当ての竹田屋だとわかったが、昼間だったら通りすぎてしまいかねないほど、竹田屋の間口《まぐち》は狭かった。

――店とは名ばかりで、まるで鰻《うなぎ》の寝床のようだ――

季蔵はひんやりと冷たい厨の土間に正座した。

夜が過ぎて行くにつれて、時折、睡魔が襲ってくる。

そのたびに、さと香の笑顔に叱られた。

――〝そんなことじゃ駄目。おたみちゃんを助けられないじゃない〟――

季蔵は必死で耳を澄ませ続けている。

丑の上刻の鐘が鳴り終えた頃であった。

店の方から物音が聞こえる。

厨を出た季蔵は足音を忍ばせて廊下を途中まで歩いた。

「おっかさん」

沢太郎の声である。

「何だよ、今時分になって急に」

「頼みがあってきたんだよ」

その声に聞き覚えがあったが、誰のものだったかまでは思い出せない。

「まあ、入れよ。今日はちょいとめんどうな奴が厨にいるんだ。何でも、北町のお奉行様直々《じきじき》に鯖代をくださるんだそうだ。ご丁寧にも生き身鯖の料理が一番手で、二番手が金子《きんす》だとさ。厨にいるのはお奉行様から遣わされた料理人で、朝一で届く生鯖を刺身にするのがお役目だって」

「あんたも偉くなったもんだね」

おっかさんの声が詰まった。

「おっかさんのおかげだよ」

「だったら頼みをきいておくれ」

「まあ、座敷で一杯やろうや」

沢太郎が母親を招き入れて、廊下を進んでくる気配に、季蔵はあわてて厨へと戻った。

しばらくして、そっと厨から抜け出て、障子の隙間から洩れている灯りを探した。

二人の声が聞こえてきたところで立ち止まる。

「一杯、行けよ、嫌いじゃないだろ、酒は？」

「今日はまだそんな気分じゃないんだよ、あの娘がどうしてるかと思うと――」

「おたみのことなら、俺にとってもおっかさんの血を分けた妹だ。越蔵の血でつながってた玉助とは違う。俺はおっかさんが望んだように運んでやったつもりだよ」

――何と、沢太郎のおっかさんとは、おたみさんの母親のおしかさんだったのか――

季蔵はがんと頭を殴られたかのような驚きだった。

「そりゃあ、あたしもおまえの言う通り、たとえお妾でも京極屋さんの世話になって跡継ぎを産む方が、大工風情の女房になるより、いいだろうって思ったよ。八十吉は丈夫で真面目《じめ》な男だけど、いつ何時《なんどき》、怪我《けが》をして働けなくなるかしれないからね。おたみの父親だって、屋根から落ちるまでは、飲んだくれでも、女子どもに手を上げるような男でもなかったんだ――」

「だったら、これでいいじゃないか」

「でもねえ、おたみがいなくなったことは、そうは長く、八十吉には隠せなかった。毎日のようにあたしのところへ来て、案じてる顔を見てるうちに、おたみは、たとえ、何があっても、この男と決めた八十吉と添うのが、幸せなんじゃないかと思えてきたんだよ」

「しゃらくせえ」

沢太郎が笑い飛ばして、

「地獄の閻魔《えんま》より怖い虎翁から、越蔵と二人、手と手を取り合って逃げて、俺という子どもを産んだところまではいい。だが、おやじの働きの無さに愛想を尽かして、おやじも俺も捨て、新しい男と逃げた。そんな性悪女が今更、何、知ったようなこと言うんだよ。おたみの父親が殴る、蹴るなんてざまを繰り返すようになったのも、元を正せば、おまえが身勝手だからじゃないか」

「それを言うなら、おまえもだろう、沢太郎。何がお奉行様からの鯖代だい。あんたがしてることで間違ってるのは、他人《ひと》様を殺めたことだ。これまでは、たとえ、人の道に外れた稼業でも、金子ってものは、馬鹿正直に生きてちゃ、手にできないってわかってたし、産んだだけで、捨ててきたあんたが偉くなる手伝いをしたかったから、あたしは何とか堪えることができてたんだ。恨んでいると思ってたのに、わざわざ、訪ねてきてくれたのもうれしかったよ」

「そりゃあ、産んでくれたおっかさんだもの。子どもの頃は捨てられたことが寂しくてね、それで早くに、寂しさを忘れるための酒を覚えちまった。おっかさんに責められると、またぞろ、大酒が飲みたくなる」

沢太郎は湯呑み酒でも呷《あお》ったのだろう、

「そんなに飲んじゃ毒だよ」

おしかが諭した。

「それじゃ、仲直りに取っておきの下《くだ》り酒と行こうか」

「一杯だけなら、あたしもつきあう」

「それじゃ、おっかさんから一杯――」

「ありがとね」

盃を受けた様子のおしかは先を続けた。

「でも、人を殺めるのはやっぱりよくないよ。これからは止めないと――。きっと、おたみにまで天罰が当たる。だから、お願い――だ――か――ら――」

後はくうーっという喉から出る苦悶の音に変わった。

――母親に毒を盛ったとは――

季蔵の心は冷たい拳に変わった。

――何という非情、許し難い――

「まだ少しの間は生きてるから、聞きたくなくても、俺の話が聞けるぜ、おっかさん。俺があんたに会いに行ったのは、決して、裏切らない手下が欲しかったから、ただ、それだけだよ。あんたのことは恨んでたよ、たっぷりとな。だがお目出度《めでた》いあんたは、俺の言うままに動いて、伍助を見張り、玉助がさと香と示し合わせて、俺から逃げるために、駆け落ちするってことまで教えてくれた。裏切りは許せないから始末したんだ。おやじは、あんたが俺たちを捨てて逃げた後も、ろくすっぽ働きもしねえで、女の尻ばかり追いかけてた。そのうちの一人が玉助の母親だ。玉助母子《おやこ》は甚兵衛長屋で、たまたま、あんたやおたみと相長屋になった。偶然は重なるもので、そんな玉助と俺が、ばったり往来で遭ったのが、運の尽き。俺は、おやじの越蔵そっくりの玉助を、仲間に引き入れた。玉助の、女にたかるだけで、からきし、仕事ができねえのも、女の腹の上で死んだってえ話の越蔵譲りさ。伍助は竹田屋越蔵なんて男が、とっくに、この世にいないことも知っちまってたんで、ぶるぶる震えながら、俺にさと香の弔い金を渡しに来た時には、もう、殺して罪を着せると決めてた。ずっと恨んでたあんたのことは、最初《はな》っから、こうしようと決めてたよ」

すでにもう、おしかの呻《うめ》き声は聞こえてこない。

「ああ、清々した。あんたがいなくなったところで、あの長屋の憑き物話がまた一つ増えるだけのことだ――。ふ。誰だ？」

突然、沢太郎が障子を開け放って、廊下へ出た。

――よかった――

すでに季蔵は厨近くまで戻っていて、沢太郎の立っているところからは見通せない。

――待とう――

それから季蔵は廊下がきしみ、裏庭で鍬《くわ》がふるわれる音を聞き続けた。

止んだところで、

――今だ――

厨を出ると、廊下を走り、庭伝いに裏庭へと回った。

空は白みはじめている。沢太郎が穴を掘り、土を盛った跡が黒々と見えた。

すでに勝手口が開け放されている。

季蔵は用心深く中へと足を踏み入れた。

――自分の振るう鍬の音が厨のわたしの耳に届いていると、沢太郎は気がついているはず。必ず、わたしの口を封じようとする――

厨に沢太郎の姿はない。

季蔵は廊下へと歩いて行く。

何の気配も感じられない。

その刹那《せつな》、ふっと土の匂いが鼻を掠めた。

振り返った季蔵が手にしていた匕首《あいくち》を、相手に向かって差し出し、飛びすさって身を躱したのと、沢太郎の鍬が宙に風を切ったのとはほとんど同時だった。

おたみは向島にある、京極屋の寮で見つけられた。季蔵からの報せで京極屋に乗り込んだ田端と松次の手柄である。沢太郎に金で雇われたごろつきが、伍助の死を塩梅屋に知らせ、長屋に戻ろうとしたおたみを拐《かどわか》したのだった。

京極屋では、お内儀と大番頭が、おたみを寮に軟禁した理由を白状した。跡継ぎだった弥太郎《やたろう》の死後、生まれた妾いとの子は女児だったため、主は店には引き取らず、産みの母親と一緒に暮らさせ、二人の元へ通い続けるのを止めなかった。

すでに出産を諦《あきら》めていたお内儀は懊悩《おうのう》の末、いつものように大番頭に相談をした。

何よりも跡継ぎを望んでいた大番頭は、それを叶《かな》えつつ、主の心をおいとから引き離し、家内が円満に納まる方法を思いついた。

幼い頃からずっと見守ってきた大番頭は、結ばれなかった主の若き日の恋についても熟知していた。

その時の相手の茶屋娘が、ふと見かけたおたみに、どことなく雰囲気が似ていたことから、何が何でも、この娘を京極屋の二番目の妾にと、大枚をはたいて竹田屋に頼み込んだのである。

もとより、主の迪太郎《みちたろう》は知るよしもなかった。

内々で行われたお内儀と大番頭の調べは、叱り置くに止《とど》められ、罪には問われなかった。何とこの手の咎を罰していたら、市中の富裕層のほとんどに、縄を掛けることになりかねなかったからである。

一方、竹田屋の裏庭に一旦は埋められたおしかの骸は、季蔵が丁寧に掘り出して番屋に運んだ。

おしかが自分の拐しに与《くみ》していたとは、露ほども知らないおたみが報せを受け、八十吉に付き添われて番屋に来た。

「おっかさんはおまえさんを探して、あちこち暗くなるまで歩いたんだろうな。すっかり疲れちまって、目もきかなくなって、柳原の土手から足を滑らせて落ちて死んだんだ」

松次が経緯を話している間、おたみはおしかの骸に取りすがって、声を上げて泣き続けた。

「塩梅屋の季蔵を知ってるだろう。奴が通りかかったとかで、運んできてくれたんだ。礼を言っとくんだな。朝早くにあんなとこを通ったてえのは、昨夜はお楽しみだったんだろうからさ」

「お世話になりました」

おたみは涙をぬぐいながら立ち上がり、頭を下げた。

「おっかさんがおまえさんを守って、身代わりになってくれたんだな。手厚く葬ってやれよ」

そう言って、松次は戸板の手配をした。

おたみを取り戻すことができた八十吉は、

「夫婦になる前に、一つだけ約束してくれ。決して、隠し事をしないように。俺はおまえに何があってもいい、気になどするもんか。おまえさえ、生きていてくれさえすれば、それだけでいいんだ」

太い眉を上げて言い切った。

聞いていた季蔵は、

――心に染みる言葉だ――

自分の瑠璃への想いをそっと重ねつつ、

――〝よかったね、おたみちゃん、これでやっと幸せになれる。季蔵さんも瑠璃さんと幸せになって――。おこんさんも来てくれるというし、みんなしばらくは、こっちに来なくていいから。さようなら〟――

さと香の魂が、すーっと離れて行くのを感じた。

伍助の祖母おこんが、誰も何も伝えていないというのに、

「伍助の仇は取ってもらえた」

と呟いて、安らかに息を引き取ったのは、その翌日のことであった。

同じ日に武藤《むとう》の妻邦恵《くにえ》が無事女児を産み落とした。

「いろいろ、世話をかけたな」

喜びを隠しきれない様子の武藤は、

「邦恵もよく頑張った」

しきりに、長い陣痛に耐えた妻を褒めつつ、もいだばかりの空豆を手にしていた。

「いよいよ、これが今年の最後の空豆ゆえ、できれば、ここで、この手で、刺身と焼きにしたいのだが――」

「よろしくお願いします」

笑顔で頭を下げた季蔵は、

「つくしの代わりに空豆ですね。やっと、あなたと、美味い酒が酌み交わせる時が来ました」

珍しく、祝い酒とはいえ昼酒を口にした。

〈参考文献〉

『料理歳時記』辰巳浜子（中公文庫）
『辰巳芳子のことことふっくら豆料理—母の味・世界の味』辰巳芳子（農山漁村文化協会）
『酒粕のおいしいレシピ　寺田本家【蔵人直伝の酒粕料理帖】』なかじ（農山漁村文化協会）
『御前菓子をつくろう—江戸の名著「古今名物御前菓子秘伝抄」より』鈴木晋一現代語訳／永見純・日本菓子専門学校　菓子再現（ニュートンプレス）
『江戸の庶民生活・行事事典』渡辺信一郎（東京堂出版）

本書は、時代小説文庫（ハルキ文庫）の書き下ろし作品です。

時代小説文庫
わ 1-22

おやこ豆《まめ》 料理《りょうり》人《にん》季蔵《としぞう》捕物控《とりものひかえ》

著者 和田《わだ》はつ子《こ》

2013年6月18日第一刷発行

発行者 角川春樹

発行所 株式会社 角川春樹事務所
〒102-0074 東京都千代田区九段南2-1-30 イタリア文化会館

電話 03(3263)5247[編集] 03(3263)5881[営業]

印刷・製本 中央精版印刷株式会社

フォーマット・デザイン＆シンボルマーク 芦澤泰偉

ISBN978-4-7584-3750-9 C0193

http://www.kadokawaharuki.co.jp/[営業]
fanmail@kadokawaharuki.co.jp[編集] ご意見・ご感想をお寄せください。

和田はつ子の本

青子の宝石事件簿

青山骨董通りに静かに佇む「相田宝飾店」の跡とり娘・青子《おうこ》。彼女には、子どもの頃から「宝石」を見分ける天性の眼力が備わっていた……。ピンクダイヤモンド、パープルサファイア、パライバトルマリン、ブラックオパール……宝石を巡る深い謎や、周りで起きる様々な事件に、青子は宝石細工人の祖父やジュエリー経営コンサルタントの小野瀬、幼なじみの新太とともに挑む！　宝石の永遠の輝きが人々の心を癒す、大注目の傑作探偵小説。